U0932569

生活家

汪曾祺自选散文集

汪曾祺／著

丁帆／编

海峡出版发行集团 THE STRAITS PUBLISHING & DISTRIBUTING GROUP | 鹭江出版社 LUJIANG PUBLISHING HOUSE

2018年·厦门

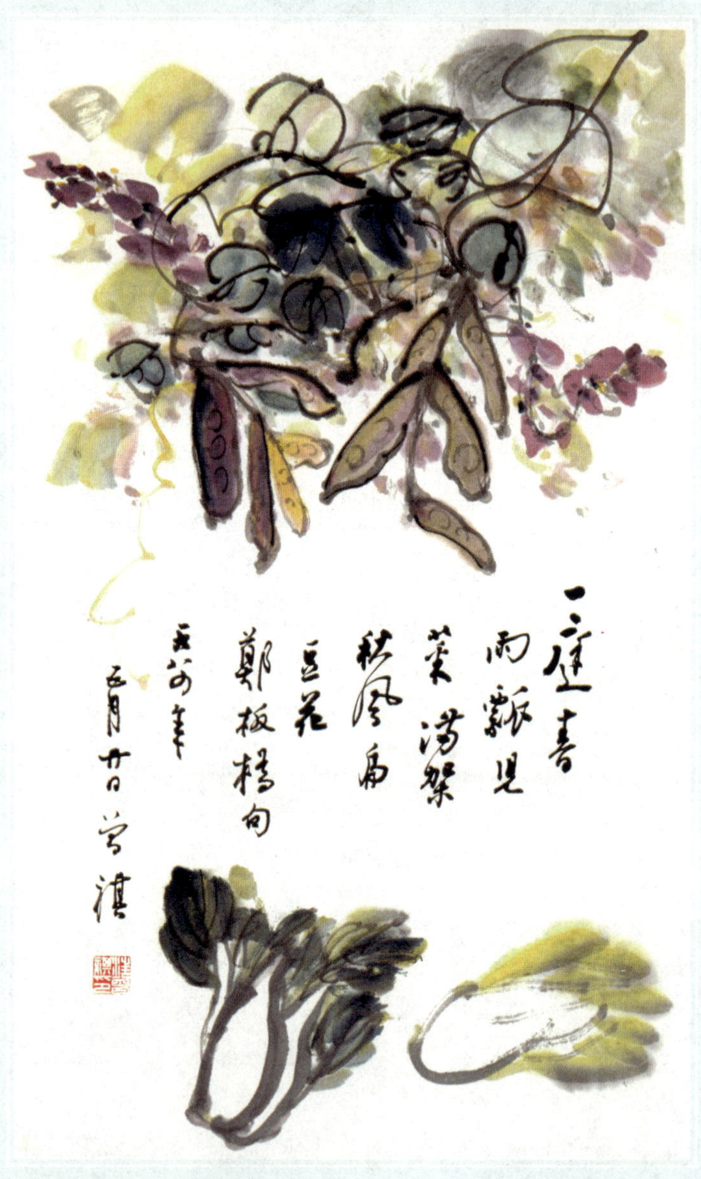

一庭春雨瓢儿菜，满架秋风扁豆花

郑板桥句

一九八四年五月廿日　曾祺

苦瓜和尚未尝画苦瓜，冬苋菜即葵，
此为古人主要蔬品，滋味香滑，北人多不识

口外何所有，山药西葫芦

南人不解食蒜

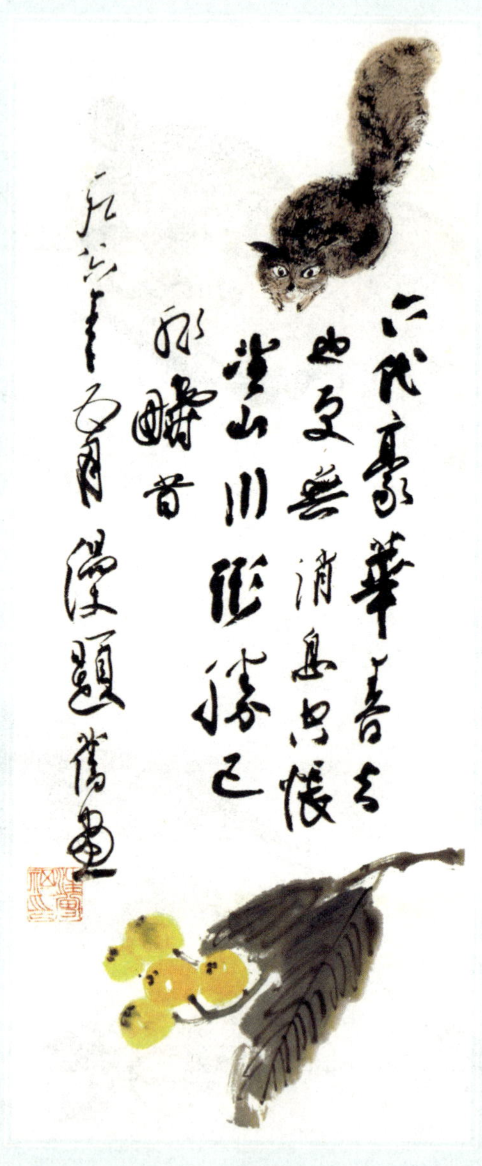

六代豪华春去也，更无消息，只怅望山川形胜已非畴昔

一九八六年五月　漫题旧书

一九八六年四月　曾祺写

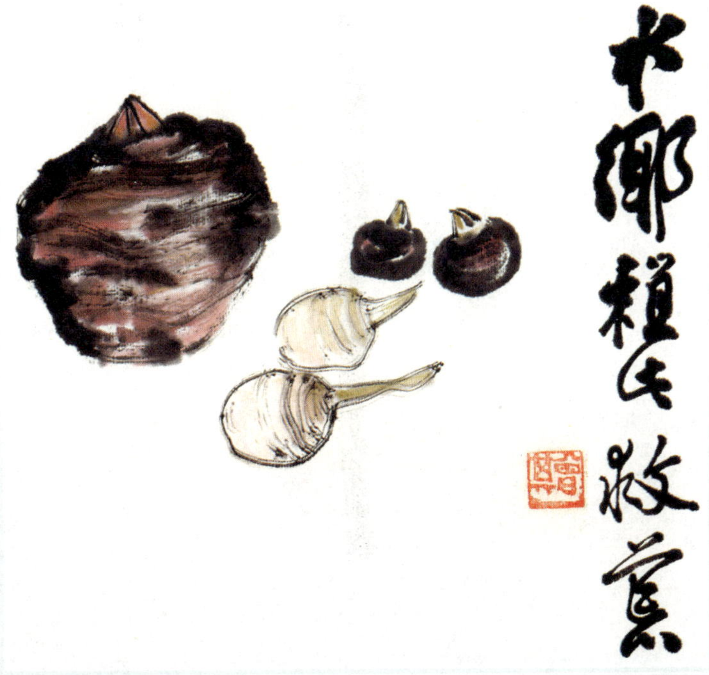

水乡赖此救荒

一九八四年三月十日午　煮面条等水开作此

此松鼠乃驯养者

我的小舅舅结婚时，他的小内弟带来一只松鼠，系以银链藏在袖筒里，有时爬出吃瓜子嘬豆腐脑，心甚羡慕今忽忽近六十年矣，犹不能忘

一九八六年　曾祺记

代序

丁帆

谁也不曾想到，作为廿世纪三十年代盛行于中国文坛的“京派”小说传人，竟能蛰伏四十多年，重擎“京派”小说创作之大纛，写出这平淡如水，却又诗意盎然的优美文字来。

汪曾祺，何许人也？他乃中国文坛显赫一时的“京派”小说大师沈从文之得意门生；他乃“文革”时期风靡一时的革命样板戏《沙家浜》的编剧；他乃八十年代大陆文坛“文化小说”的创始者。此人作为典型的中国文人，集诗书画于一身；作为优秀的作家，他又操着小说、诗歌、散文、戏剧（包括戏曲）等多种技艺的创作。他的文学数量虽不算惊人，却犹似篇篇珠玑，玩味无穷。

汪氏一九二〇年二月五日（农历正月十五“元宵节”）出生于江苏高邮县城的一个书香门第，其祖父是清末的拔贡，父亲擅长金石书画。汪氏从小就随父辈练字习文，“家学”功底甚厚。他在家乡高邮念完私中后，便考入江苏江阴县的南菁中学。一九三九年夏，汪氏从上海取道香港、越南，抵达昆明后考入西南联大中文系，投奔沈从文、朱自清、闻一多等著名学者和作家。也就是在这一时期，汪氏与沈从文先生结下了不解之缘，成为沈从文的高足，受到沈氏的一再褒扬，他的创作生涯也从此开始。一九四八年他出版了自己的小说结集《邂逅集》。廿世纪四十年代末，他曾辗转昆明、上海，做过教师，当过历史博物馆的职员。一九四九年后一度当过编辑。一九五八年“反右”斗争时，被下放到张家口的一个农业科学研究所劳动。一九六一年回北京。“文革”前期被迫劳动改造，后奉召被江青指令为现代京剧《沙家浜》的编剧。一九八〇年正当大陆文坛陷入“伤痕”文学的悲痛之中时，汪曾祺在《北京文学》十月号上首推出了格调迥异的散文诗化的“文化小说”《受戒》，连续又发表了《大淖记事》《异秉》《岁寒三友》《故里三陈》等小说，引起了大陆文坛的瞩目。此后，汪曾祺又发表了诸多的散文。作为一种艺术风格，汪曾祺的小说、散文之所以受到许多人的青睐，当然是和大陆多年来的政治文化极有关系——在饱经了紧张的阶级斗争之苦后，那种平淡冲和、诗情画意的审美所带来的新鲜感，足以抚慰平复多年来造成的审美创痛。当人们用惊异的目光阅读这一篇篇闪烁着晶莹剔透的生活露珠的文字时，便意会到他给大陆文坛所带来的清新之风是何等令人赏心悦目。

作为“京派”小说的传人，汪曾祺在廿世纪八十年代于复出写《受戒》时，就在题记中写下了“写四十三年前的一个梦”的字样，这并不完全是取材上的所指，更重要的是指汪氏对于“京派”艺术风格的继承。像沈从文一样，虽然汪氏也经历过人生的坎坷，遭际过悲惨的生活，但他却始终不渝地用一种对人生的愉悦之情来抚平人类精神的创伤。正如汪氏所言：“我的作品内在的情绪是欢乐的。我们有多种创伤，但是我们今天应该欢乐。一个作家，有责任给予人们一份欢乐。”正是在这样的宗旨下，汪氏的小说、散文为中国大陆文坛平添了几分清新和温馨，这些小说、散文对大陆文坛摆脱政治的阴影起了至关重要的作用。当然，这些作品亦如沈从文的作品一样，它们用故乡、回忆、梦幻、风俗、人情勾织起了一张中国传统审美情致的网，以此来对现代都市的“现代文明”和“现代文化”进行悖反式的美学观照，多多少少是在优美之上附着了一些值得深思、值得回味的哲学意蕴。对这些作家个人审美情致的抒发，只能是仁者见仁、智者见智了。不过，当人类走向现代文明都市这一血盆巨口时，汪氏返归大自然的本性，不也是体现了人类的本能需求吗？或许，它们可从某种角度为人类敲响生存的警钟。

收在这个集子里的散文并非汪曾祺散文的精品，鉴于篇幅和体例，编者只遴选出汪曾祺散文中的两类作品，一类是“游记”；一类是“美食”。即便如此，它们也不是汪氏散文中这两类作品的全部。然而，从中我们亦足可窥见汪氏美学风格之一斑；足可读出其中文化之氛围，足可体味到文笔语言的极妙之处。

我总以为，汪氏的散文在大俗大雅中显示出高于一般作者的睿智与通脱，写散文并不像写小说那样（当然，像汪氏那样的散文化小说则又当别论），缺少了机智，缺少了灵气，散文总是无味的。而汪氏的散文却是在平淡如水的叙述描写之中，使你读出无穷的意蕴。它们的灵气就在于作者把自己一生的文化、知识、经验变形于娓娓的谈天说地式的平静描述中，避开那种雕琢的人工匠气，走进真正的生活之中，将中国的传统文化“化入”一种纯真无邪、清澈明朗的意境之中。

此书“游记”类散文中，我之所以首推《我的家乡》一文，一则是让诸位读者了解一下作者所生长的那个“桃源”般的文化“仙境”；一则就是突出汪氏“梦呓”中的那种纯净的、平淡如水的优美文字，这也就将汪氏的散文风格基本上给勾勒出来了。在这类散文中，一组是西南边陲（云南、新疆）的游记；一组是华东鲁、闽、浙游记；再一组就是出访游记。在第一组散文中，《昆明的雨》《觅我游踪五十年》均为回忆性散文，作者那份真挚的“怀旧”情绪勾连着缠绵悱恻的景物描写，仿佛将我们带入了那个战乱年代里的一方“世外桃源”：“圣代即今多雨露，故乡无此好湖山”。作者对那“第二故乡”的流连之情跃然纸上。在《昆明的雨》中，作者不可忘怀的并非是“雨”，而是通过仙人掌、牛肝菌、杨梅、缅桂花等雨季的植物穿缀起无限的乡思乡愁，“雨”似乎成为情绪，一种思念，把我们置于那种特定的氛围之中：“带着雨珠的缅桂花使我心软软的，不是怀人，不是思乡。”人，沉静在一片明净的霏雨之中，没有任何遐想和困扰，这是一个什么样的诗的境界呢？！而《滇游新记》则是由三篇即时性的记叙文字组成，文字平实而别有情趣。从游玩到抽烟、喝茶、吃酒席，再写到滇南的草木，虽为轻描淡写，然而其中所包蕴的文化却令人赏心悦目。

在另一组游记中，作者充分地表现出深厚的国学文化功底和功力不凡的素描才能。《泰山片石》可谓气势不凡，写尽作者对泰山文化的独到见地。文中既有对传统文化的充满哲理式的阐释（这在汪氏散文中极少显现的），也有对普通劳动者（“担山人”），和泰山一草一木之关情，野趣、风俗之中透出那份回归自然的童心。《初识楠溪江》虽不是游名山大川，但作者对那种充满野趣，那种不入名流的自然原始状态的、不加斧凿的美景情有独钟，因为作者对充满想象和创造性的游历更加神往，从中可以看出汪氏的激动之情，难怪在这篇文字中例外地用了一段抒情的道白感叹：“来吧，到楠溪江上来漂一漂，把你的全身，全心都交给这温柔美丽的江。来吧，来解脱一次，溶化一次，当一回神仙。来吧！来！”这种句式在《初访福建》和《天山行色》中就很难看见，虽然也充满了激情，但总是在一种平静的叙述中进行着，偶尔透露出几分俏皮和幽默。

在出访的散文中，只选了两篇游香港的短札，文字虽短，然而它们从一个很小的角度反映出作者的文化情趣的追求：在《香港的高楼和北京的大树》中作者体悟到"为什么居住在高度现代化的城市的人需要度假"的真谛；在《香港的鸟》中，大都市中的每一声鸟叫虫鸣都牵动着作者的心，可见自然在汪氏心目的地位。淡泊、明志，宁静、致远，在汪氏的作品中是两组辩证的矛盾体。

恐怕在大陆文坛上还没有谁不知道汪曾祺是个品位极高的美食家。他不但熟谙中国式大菜系的特色，同时，更加追求那种不见名谱的"野味"和家常烹饪的品尝与制作。汪氏不但品尝菜肴的品位甚高，同时还能亲自动手，烹调出耐人寻味，不同凡响且别具一格的野味家宴来。此书收入的"美食"散文，都浸润着汪氏对烹调艺术的独到见解和卓越的审美情趣。同样，品尝它们也都是从平淡中见出奇妙之味，从大俗之中体味出儒雅之风。我以为一个上品的美食家不仅仅是品尝宴席上山珍海味、佳肴珍馐的高手，他还应该是家常菜的品评专家，而更能见出其品鉴水平的则是对鲜为人知的野味的创造性的体悟和开发，品前人未能鉴别之味，发后人趋其之口。汪氏品肴做菜之所以受到许多文人墨客的青睐，除了他从小受着家乡淮扬菜系清雅素淡的风格影响之外（这种风格与之文化、文学品位是融合在一起的），更重要的是汪氏那种返归自然和原始的美学思想主导着他对那种最平常和最不起眼的野味的调鼎与品鉴。从中你可以吃出文化来，吃出典故来，吃出精气神来，吃出一片人生的奇妙和灿烂来。对"四方食事"的见地，对古人的菜肴的评点，对昆明菌类吃法的描写，对“五味”的理解，对萝卜、口蘑的制法，都渗透了作者独到的烹饪美学见地。但我以为，他对各地菜肴的品尝和制作之所以形成如此透辟的看法，其主要原因，就是作者胸中有个清雅素淡的“家乡菜”作为参照系。因而，我觉得这类“美食”散文中，最具特色，也是最能体现汪氏风格的文字，便是他这组描写品评、制作家乡菜的文章，尤其是写家乡野菜的文字更见功力。因此,《故乡的食物》和《故乡的野菜》这两篇散文就更显得弥足珍贵了。从中，我们品尝到了江南的文化氛围，品尝到了那清新的野趣，品尝到了诗画一般的人文景观，品尝到了人类对美的执着追求中的欢愉。

吃遍天下谁能敌，汪氏品位在前头。如果说汪曾祺在烹调制作上尚不能够得上“特级厨师”水平，但作为美食鉴别专家，他堪称“特级大师”。

这本书收集的汪氏散文只是少量的一部分文字，然而读者诸君从中可以大体认识汪曾祺先生了。

是为编者赘言。

目录

生活家

汪曾祺自选散文集

我的家乡

法国人安妮·居里安女士听说我要到波士顿，特意退了机票，推迟了行期，希望和我见一面。她翻译过我的几篇小说。我们谈了约一个小时，她问了我一些问题。其中一个是，为什么我的小说里总有水？即使没有写到水，也有水的感觉。这个问题我以前没有意识到过。是这样，这是很自然的。我的家乡是一个水乡，我是在水边长大的，耳目之所接，无非是水。水影响了我的性格，也影响了我的作品的风格。

我的家乡高邮在京杭大运河的下面。我小时候常到运河堤上去玩（我的家乡把运河堤叫做“上河堆”或“上河埫”。“埫”字一般字典上没有，可能是家乡人造出来的字，音淌。“堆”当是“堤”的声转）。我读的小学的西面是一片菜园，穿过菜园就是河堤。我的大姑妈（我们那里对姑妈有个很奇怪的叫法，叫“摆摆”，别处我从未听过有此叫法）的家，出门西望，就看见爬上河堤的石级。这段河堤有石级，因为地名“御码头”，康熙或乾隆曾在此泊舟登岸（据说御码头夏天没有蚊子）。运河是一条“悬河”，河底比东堤下的地面高，据说河堤和城墙垛子一般高，站在河堤上，可以俯瞰堤下的街道房屋。我们几个同学可以指认哪一处的屋顶是谁家的。城外的孩子放风筝，风筝在我们的脚下飘。城里人家养鸽子，鸽子飞起来，我们看到的是鸽子的背。几只野鸭子贴水飞向东，过了河堤，下面的人看见野鸭子飞得高高的。

我们看船。运河里有大船。上水的大船多撑篙。弄船的脱光了上身，使劲把篙子梢头顶上肩窝处，在船侧窄窄的舷板上，从船头一步一步走向船尾。然后拖着篙子走回船头，欻的一声把篙子投进水里，扎到河底，又顶着篙子，一步一步走向船尾。如是往复不停。大船上用的船篙甚长且极粗，篙头如饭碗大，有锋利的铁尖。使篙的通常是两个人，船左右舷各一人；有时只一个人，在一边。这条船的水程，实际上是他们用脚一步一步走出来的。这种船多是重载，船帮吃水甚低，几乎要浸到船板上来。这些撑篙男人都极精壮，浑身作古铜色。他们是不说话的，大都眉棱很高，眉毛很重。因为长年注视着流动的水，故目光清明坚定。这些大船常有一个舵楼，住着船老板的家眷。船老板娘子大都很年轻，一边扳舵，一边敞开怀奶孩子，态度悠然。舵楼大都伸出一枝竹竿，晾晒着衣裤，风吹着啪啪作响。

看打鱼。在运河里打鱼的多用鱼鹰。一般都是两条船，一船八只鱼鹰，有时也会有三条、四条，排成阵势。鱼鹰栖在木架上，精神抖擞，如同临战状态。打鱼人把篙子一挥，这些鱼鹰就噼噼啪啪，纷纷跃进水里。只见它们一个猛子扎下去，眨眼工夫，有的就叼了一条鳜鱼上来——鱼鹰似乎专逮鳜鱼。打鱼人解开鱼鹰脖子上的金属的箍——鱼鹰脖子上都有一道箍，否则它就会把逮到的鱼吞下去，把鳜鱼扔进船舱，奖给它一条小鱼，它就高高兴兴，心甘情愿地又跳进水里去了。有时两只鱼鹰合力抬起一条大鳜鱼上来，鳜鱼还在挣蹦，打鱼人已经一手捞住了。这条鳜鱼够四斤！这真是一个热闹场面。看打鱼的，鱼鹰，都很兴奋激动，倒是打鱼人显得十分冷静，不动声色。

远远地听见砰砰砰砰的响声，那是在修船、造船。砰砰的声音是斧头往船板里敲钉。船体是空的，故声音传得很远。待修的船翻扣过来，底朝上。这只船辛苦了很久，它累了，它正在休息。一只新船造好了，油了桐油，过两天就要下水了。看看崭新的船，叫人心里高兴——生活是充满希望的。船场附近照例有打船钉的铁匠炉，叮叮当当。有碾石粉的碾子，石粉是填船缝用的。有卖牛杂碎的摊子，卖牛杂碎的是山东人。这种摊子上还卖锅盔（一种很厚很大的面饼）。

有时我们到西堤去玩。坐小船，两篙子就到了。西堤外就是高邮湖。我们那里的人都叫它西湖，湖很大，一眼望不到边。很奇怪，我竟没有在湖上坐过一次船。西湖还有一些村镇。我知道一个地名，菱塘桥，想必是个大镇子。我喜欢菱塘桥这个地名，这引起我的向往，但我不知道菱塘桥是什么样子。湖东有的村子，到夏天就把耕牛送到湖西去歇伏。我所住的东大街上，那几天不断有成队的水牛在大街上慢慢地走过。牛过后，留下很大的一堆一堆牛屎。听说湖西凉快，而且湖西有茭草，牛吃了会消除劳乏，恢复健壮。我于是想象湖西是一片碧绿碧绿的茭草。

高邮湖中，曾有神珠。沈括《梦溪笔谈》载：

嘉祐中，扬州有一珠甚大，天晦多见，初出于天长县陂泽中，后转入甓社湖，又后乃在新开湖中，凡十余年，居民行人常常见之。余友人书斋在湖上，一夜忽见其珠甚近，初微开其房，光自吻中出，如横一金线，俄忽张壳，其大如半席，壳中白光如银，珠大如掌，灿烂不可正视，十余里间林木皆有影，如初日所照，远处但见天赤如野火，倏然远去，其行如飞，浮于波中，杳杳如月。古有明月之珠，此珠色不类月，荧荧有芒焰，殆类日光。崔伯易尝为《明珠赋》。伯易高邮人，盖常见之。近岁不复出，不知所往，樊良镇正当珠往来处，行人至此，往往维船数宵以待观，名其亭为“玩珠”。

这就是“秦邮八景”的第一景“甓射珠光”。沈括是很严肃的学者，所言凿凿，又生动细致，似乎不容怀疑。这是个什么东西呢？是一颗大珠子？嘉祐到现在也才九百多年，已经不可究诘了。高邮湖亦称珠湖，以此。我小时学刻图章，第一块刻的就是“珠湖人”，是一块肉红色的长方形图章。

湖通常是平静的，透明的。这样一片大水，浩浩淼淼（湖上常常没有一艘船），让人觉得有些荒凉，有些寂寞，有些神秘。

黄昏了。湖上的蓝天渐渐变成浅黄、橘黄，又渐渐变成紫色，很深很浓的紫色。这种紫色使人深深感动。我永远忘不了这样的紫色的长天。

闻到一阵阵炊烟的香味，停泊在御码头一带的船上正在烧饭。

一个女人高亮而悠长的声音：

“二丫头……回来吃晚饭来……”

像我的老师沈从文常爱说的那样，这一切真是一个圣境。

高邮湖也是一个悬湖。湖面，甚至有的地方的湖底，比运河东面的地面都高。

湖是悬湖，河是悬河，我的家乡随时都在大水的威胁之中。翻开县志，水灾接连不断。我所经历过的最大的一次水灾，是民国二十年。

这次水灾是全国性的。事前已经有了很多征兆。连降大雨，西湖水位增高，运河水平了漕，坐在河堤上可以“踢水洗脚”。有许多很“瘆人”的、不祥的现象。天王寺前，虾蟆爬在柳树顶上叫。老人们说：虾蟆在多高的地方叫，大水就会涨得多高。我们在家里的天井里躺在竹床上乘凉，忽然拨剌一声，从阴沟里蹦出一条大鱼！运河堤上，龙王庙里香烛昼夜不熄。七公殿也是这样。大风雨的黑夜里，人们说是看见“耿庙神灯”了。耿七公是有这个人的，生前为人治病施药，风雨之夜，他就在家门前高旗杆上挂起一串红灯，在黑暗的湖里打转的船，奋力向红灯划去，就能平安到岸。他死后，红灯还常在浓云密雨中出现，这就是“耿庙神灯”——“秦邮八景”中的一景。耿七公是渔民和船民的保护神，渔民称之为“七公老爷”。渔民每年要做会，谓之“七公会”。神灯是美丽的，但同时也给人一种神秘的恐怖感。阴历七月，西风大作，店铺都预备了“高挑灯笼”——长竹柄，一头用火烤弯如钩状，上悬一个灯笼，轮流值夜巡堤。告警锣声不断。本来平静的水变得暴怒了。一个浪头翻上来，会把东堤石工的丈把长的青石掀起来。看来堤是保不住了。终于，我记得是七月十三（可能记错），倒了口子。我们那里把决堤叫“倒口子”。西堤四处，东堤六处。湖水涌入运河，运河水直灌堤东。顷刻之间，高邮成了泽国。

我们家住进了竺家巷一个茶馆的楼上（同时搬到茶馆楼上的还有几家），巷口外的东大街成了一条河，“河”里翻滚着箱箱柜柜，死猪死牛。“河”里行了船。会水的船家各处去救人（很多人家爬在屋顶上、树上）。

约一星期后，水退了。

水退了，很多人家的墙壁上留下了水印，高及屋檐。很奇怪，水印怎么擦洗也擦洗不掉。全县粮食几乎颗粒无收。我们这样的人家还不致挨饿，但是没有菜吃。老是吃慈姑汤，很难吃。比慈姑汤还要难吃的是芋头梗子做的汤，日本人爱喝芋梗汤，真不可理解。大水之后，百物皆一时生长不出，唯有慈姑芋头却是丰收！我在小学教务处的地上发现几个特大的蚂蟥，缩成一团，有拳头大，怎么踩也踩不破！

我小时候，从早到晚，一天没有看见河水的日子，几乎没有。我上小学，倘不走东大街而走后街，是沿河走的。上初中，如果不从城里走，走东门外，则是沿着护城河。出我家所在的巷口的南头，是越塘。出巷北，往东不远，就是大淖。我在小说《异秉》中所写的老朱，每天要到大淖去挑水，我就跟着他一起去玩。老朱真是个忠心耿耿的人，我很敬重他。他下水把水桶弄满（他两腿都是“筋疙瘩”——静脉曲张），我就拣选平薄的瓦片打水漂。我到一沟、二沟、三垛，都是坐船。到我的小说《受戒》所写的庵赵庄去，也是坐船。我第一次离家去外地读高中，也是坐船——轮船。

水乡极富水产。鱼之类，乡人所重者为鳊、白、鲹（鲹花鱼即鳜鱼）。虾有青白两种。青虾宜炒虾仁，呛虾（活虾酒醉生吃）则用白虾。小鱼小虾，比青菜便宜，是小户人家佐餐的恩物。小鱼有名“罗汉狗子”“猫杀子”者很好吃。高邮湖蟹甚佳，以作醉蟹，尤美。高邮的大麻鸭是名种。我们那里八月中秋兴吃鸭，馈送节礼必有公母鸭成对。大麻鸭很能生蛋，腌制后即为著名的“高邮咸蛋”。高邮鸭蛋双黄者甚多。江浙一带人见面问起我的籍贯，答云高邮，多肃然起敬，曰：“你们那里出咸鸭蛋。”好像我们那里就只出咸鸭蛋！

我的家乡不只出咸鸭蛋。我们还出过秦少游，出过散曲作家王磐，出过经学大师王念孙、王引之父子。

县里的名胜古迹最出名的是文游台。这是秦少游、苏东坡、孙莘老、王定国文酒游会之所。台基在东山（一座土山）上，登台四望，眼界空阔。我小时常凭栏看西面运河的船帆露着半截，在密密的杨柳梢头后面缓缓移动，觉得非常美。有一座镇国寺塔，是个唐塔，方形。这座塔原在陆上，运河拓宽后，为了保存这座塔，留下塔的周围的土地，成了运河当中的一个小岛。镇国寺我小时还去玩过，是个不大的寺。寺门外有一堵紫色的石制照壁，这堵照壁向前倾斜，却不倒。照壁上刻着海水，故名“海水照壁”。寺内还有一尊肉身菩萨的坐像，是一个和尚坐化后漆成的，寺不知毁于何时。另外还有一座净土寺塔，明代修建。我们小时候记不住什么镇国寺、净土寺，因其一在西门，名之为“西门宝塔”；一在东门，便叫它“东门宝塔”。老百姓都是这么叫的。

全国以邮字为地名的，应只高邮一县。为什么叫高邮？因为秦始皇曾在高处建邮亭。高邮是秦王子婴的封地，至今还有一条河叫子婴河，旧有子婴庙，今不存。高邮为秦代始建，故又名秦邮，外地人或以为这跟秦少游有什么关系，没有。

觅我游踪五十年

将去云南，临行前的晚上，写了三首旧体诗。怕到了那里，有朋友叫写字，临时想不出合适词句。一九八七年去云南，一路写了不少字，平地抠饼，现想词儿，深以为苦。其中一首是：

羁旅天南久未还，
故乡无此好湖山。
长堤柳色浓如许，
觅我游踪五十年。

我在西南联大读书时，曾两度租了房子住在校外。一度在若园巷二号，一度在民强巷五号一位姓王的老先生家的东屋。民强巷五号的大门上刻着一副对联：

圣代即今多雨露

故乡无此好湖山

我每天进出，都要看到这副对子，印象很深。这副对联是集句。上联我到现在还没有查到出处，意思我也不喜欢。我们在昆明的时候，算什么“圣代”呢！下联是苏东坡的诗。王老先生原籍大概不是昆明，这里只是他的寓庐。他在门上刻了这样的对联，是借前人旧句，抒自己情怀。我在昆明待了七年。除了高邮、北京，在这里的时间最长，按居留次序说，昆明是我的第二故乡。少年羁旅，想走也走不开，并不真的是留恋湖山，写诗（应是偷诗）时不得不那样说而已。但是，昆明的湖山是很可留恋的。

我在民强巷时的生活，真是落拓到了极点。一贫如洗。我们交给房东的房租只是象征性的一点，而且常常拖欠。昆明有些人家也真是怪，愿意把闲房租给穷大学生住，不计较房租。这似乎是出于对知识的怜惜心理。白天，无所事事，看书，或者搬一个小板凳，坐在廊檐下胡思乱想。有时看到庭前寂然的海棠树有一小枝轻轻地弹动，知道是一只小鸟离枝飞去了。或是无目的地到处游逛，联大的学生称这种游逛为 wandering。晚上，写作，记录一些印象、感觉、思绪，片片段段，近似 A. 纪德的《地粮》。毛笔，用晋人小楷，写在自己订成的一个很大的棉纸本子上。这种习作是不准备发表的，也没有地方发表。不停地抽烟，扔得满地都是烟蒂，有时烟抽完了，就在地下找找，拣起较长的烟蒂，点了火再抽两口。睡得很晚。没有床，我就睡在一个高高的条几上，这条几也就是一尺多宽。被窝的里面都已不知去向，只剩下一条棉絮。我无论冬夏，都是拥絮而眠。条几临窗，窗外是隔壁邻居的鸭圈，每天都到这些鸭子呷呷叫起来，天已薄亮时，才睡。有时没钱吃饭，就坚卧不起。同学朱德熙见我到十一点钟还没有露面，——我每天都要到他那里聊一会的，就夹了一本字典来，叫："起来，去吃饭！"把字典卖掉，吃了饭，wandering，或到"英国花园"（英国领事馆的花园）的草地上躺着，看天上的云，说一些"没有两片树叶长在一个空间"之类的虚无缥缈的胡话。

有一次替一个小报约稿，去看闻一多先生。闻先生看了我的颓废的精神状态，把我痛斥了一顿。我对他的参与政治活动也不以为然，直率地提出了意见。回来后，我给他写了一封短信，说他对我俯冲了一通。闻先生回信说："你也对我高射了一通。今天晚上你不要出去，我来看你。"当天，闻先生来看了我。他那天说了什么，我已经不记得了。看了我，他就去闻家驷先生家了，——闻家驷先生也住在民强巷。闻先生是很喜欢我的。

若园巷二号的房东是一个上了年纪的寡妇，她没有儿女，只和一个又像养女又像使女的女孩子同住楼下的正屋，其余两进房屋都租给联大学生。我和王道乾同住一屋，他当时正在读蓝波的诗，写波特莱尔[①]式的小散文，用粉笔到处画着普希金的侧面头像，把宝珠梨切成小块用线穿成一串喂养果蝇。后来到了法国，在法国入了党，成了专译马克思主义文艺理论的翻译家。他的转折，我一直不了解。若园巷的房客还有何炳棣、吴讷孙，他们现在都在美国，是美籍华人了，一个是历史学家，一个是美学和美术史专家。有一年春节，吴讷孙写了一副春联，贴在大门上：

人斗南唐金叶子

街飞北宋闹蛾儿

---

① 即夏尔·波德莱尔，1821—1867，法国诗人，象征派诗歌先驱。——编者注

这副对联很有点富贵气，字也写得很好。闹蛾儿自然是没有的，昆明过年也只是放鞭炮。“金叶子”是指扑克牌。联大师生打桥牌成风，这位 Nelson 先生就是一个桥牌迷。吴讷孙写了一本反映联大生活的长篇小说《未央歌》，在台湾多次再版。一九八七年我在美国见到他，他送了我一本。

若园巷二号院里有一棵很大的缅桂花（即白兰花）树，枝叶繁茂，坐在屋里，人面一绿。花时，香出巷外。房东老太太隔两三天就搭了短梯，叫那个女孩子爬上去，摘下很多半开的花苞，裹在绿叶里，拿到花市上去卖。她怕我们乱摘她的花，就主动用白瓷盘码了一盘花，洒一点清水，给各屋送去。这些缅桂花，我们大都转送了出去。曾给萧珊、王树藏送了两次。今萧珊、树藏都已去世多年，思之怅怅。

我们这次到昆明，当天就要到玉溪去，哪里也顾不上去看看，只和冯牧陪凌力去找了找逼死坡。路，我还认得，从青莲街上去，拐个弯就是。一九三九年，我到昆明考大学，在青莲街的同济大学附中寄住过。青莲街是一个相当陡的坡，原来铺的是麻石板；急雨时雨水从五华山奔泻而下，经陡坡注入翠湖，水流石上，哗哗作响，很有气势。现在改成了沥青路面。昆明城里再找一条麻石板路，大概没有了。逼死坡还是那样。路边立有一碑："明永历帝殉国处"，我记得以前是没有的，大概是后来立的。凌力将写南明历史，自然要来看看遗迹。我无感触，只想起坡下原来有一家铺子卖核桃糖，装在一个玻璃匣子里，很好吃，也很便宜。

我们一行的目标是滇西，原以为回昆明后可以到处走走，不想到了玉溪第二天就崴了脚，脚上敷了草药，缠了绷带，拄杖跛行了瑞丽、芒市、保山等地，人很累了。脚伤未愈，来访客人又多，懒得行动。翠湖近在咫尺，也没有进去，只在宾馆门前，眺望了几回。

极目可见的风景，一是湖中的多孔石桥，一是近西岸的圆圆的小岛。

这座桥架在纵贯翠湖的通路上，是我们往来市区必经的。我在昆明七年，在这座桥上走过多少次，真是无法计算了。我记得这条道路的两侧原来是有很高大的柳树的。人行路上，柳条拂肩，溶溶柳色，似乎透入体内。我诗中所说“长堤柳色浓如许”，主要即指的是这条通路上的垂柳。柳树是有的，但是似乎颇矮小，也稀疏，想来是重新栽的了。

那座圆形的小岛，实是个半岛，对面是有小径通到陆上的。我曾在一个月夜和两个女同学到岛上去玩。岛上别无景点，平常极少游客，夜间更是阒无一人，十分安静。不料幽赏未已，来了一队警备司令部的巡逻兵，一个班长，把我们骂了一顿：“半夜三更，你们到这里来整哪样？你们呐校长，就是这样教育你们呐！”语气非常粗野。这不但是煞风景，而且身为男子，受到这样的侮辱，却还不出一句话来，实在是窝囊。我送她们回南院（女生宿舍），一路沉默。这两个女学生现在大概都已经当了祖母，她们大概已经不记得那晚上的事了。隔岸看小岛，杂树蓊郁，还似当年。

本想陪凌力去看看莲花池，传说这是陈圆圆自沉的地方。凌力要到图书馆去抄资料，听说莲花池已经没有水（一说有水，但很小），我就没有了单独去的兴致。

《滇池》编辑部的三位同志来看我，再三问我想到哪里看看，我说脚疼，哪里也不想去。他们最后提议：有一个花鸟市场，不远，乘车去，一会就到，去看看。盛情难却，去了。看了出售的花、鸟、猫、松鼠、小猴子、新旧银器……我问："这条街原来是什么街？"——"甬道街。"甬道街！我太熟了，我告诉他们，这里原来有一家馆子，鸡纵做得很好，昆明人想吃鸡纵，都上这家来。这家饭馆还有个特点，用大锅熬了一锅苦菜汤，苦菜汤是不收钱的，可以用大碗自己去舀。现在已经看不出痕迹了。

甬道街的隔壁，是文明街，过去都叫"文明新街"。一眼就看出来，两边的店铺都是两层楼木结构，楼上临街是栏杆，里面是隔扇。这些房子竟还没有坏！文明新街是卖旧货的地方。街两边都是旧货摊。一到晚上，点了电石灯，满街都是电石臭气。什么旧货都有，玛瑙翡翠、铜佛瓷瓶、破铜烂铁。沿街浏览，蹲下来挑选问价，也是个乐趣。我们有个同班的四川同学，姓李，家里寄来一件棉袍，他从邮局取出来，拆开包裹线，到了文明街，把棉袍搭在胳膊上："哪个要这件棉袍！"当时就卖掉了，伙同几个同学，吃喝了一顿。街右有几家旧书店，收集中外古今旧书。联大学生常来光顾，买书，也卖书。最吃香的是工具书。有一个同学，发现一家旧书店收购《辞源》的收价，比定价要高不少。出街口往西不远，就是商务印书馆。这位老兄于是到商务印书馆以原价买出一套崭新的《辞源》，拿到旧书店卖掉。文明街有三家瓷器店，都是桐城人开的。昆明的操瓷器业者多为桐城帮。朱德熙的丈人家所开的瓷器店即在街的南头。德熙婚后，我常随他到他丈人家去玩，和孔敬（德熙的夫人）到后面仓库里去挑好玩的小酒壶、小花瓶。桐城人请客，每个菜都带汤，谓之“水碗”，桐城人说：“我们吃菜，就是这样汤汤水水的。”美国在广岛扔了原子弹后，一天，有两个美国兵来买瓷器，德熙伏在柜台上和他们谈了一会。这两个美国兵一定很奇怪：瓷器店里怎么会有一个能说英语的伙计，而且还懂原子物理！

过文明街为文庙西街，再西，即为正义路。这条路我走过多次，现在也还认得出来。

我十九岁到昆明，今年七十一岁，说游踪五十年，是不错的。但我这次并没有去寻觅。朋友建议我到民强巷和若园巷看看，已经到了跟前，不知道为什么，我不怎么想去。

昆明我还是要来的！昆明是可依恋的。当然，可依恋的不只是五十年前的旧迹。

记住：下次再到云南，不要崴脚！

一九九一年五月十一日，北京

昆明的雨

宁坤要我给他画一张画，要有昆明的特点。我想了一些时候，画了一幅：右上角画了一片倒挂着的浓绿的仙人掌，末端开出一朵金黄色的花；左下画了几朵青头菌和牛肝菌。题了这样几行字：

> 昆明人家常于门头挂仙人掌一片以辟邪，仙人掌悬空倒挂，尚能存活开花。于此可见仙人掌生命之顽强，亦可见昆明雨季空气之湿润。雨季则有青头菌、牛肝菌，味极鲜腴。

我想念昆明的雨。

我以前不知道有所谓雨季。“雨季”，是到昆明以后才有了具体感受的。

我不记得昆明的雨季有多长，从几月到几月，好像是相当长的。但是并不使人厌烦。因为是下下停停、停停下下，不是连绵不断，下起来没完。而且并不使人气闷。我觉得昆明雨季气压不低，人很舒服。

昆明的雨季是明亮的、丰满的，使人动情的。城春草木深，孟夏草木长。昆明的雨季，是浓绿的。草木的枝叶里的水分都到了饱和状态，显示出过分的、近于夸张的旺盛。

我的那张画是写实的。我确实亲眼看见过倒挂着还能开花的仙人掌。旧日昆明人家门头上用以辟邪的多是这样一些东西：一面小镜子，周围画着八卦，下面便是一片仙人掌，——在仙人掌上扎一个洞，用麻线穿了，挂在钉子上。昆明仙人掌多，且极肥大。有些人家在菜园的周围种了一圈仙人掌以代替篱笆。——种了仙人掌，猪羊便不敢进园吃菜了。仙人掌有刺，猪和羊怕扎。

昆明菌子极多。雨季逛菜市场，随时可以看到各种菌子。最多，也最便宜的是牛肝菌。牛肝菌下来的时候，家家饭馆卖炒牛肝菌，连西南联大食堂的桌子上都可以有一碗。牛肝菌色如牛肝，滑，嫩，鲜，香，很好吃。炒牛肝菌须多放蒜，否则容易使人晕倒。青头菌比牛肝菌略贵。这种菌子炒熟了也还是浅绿色的，格调比牛肝菌高。菌中之王是鸡纵，味道鲜浓，无可方比。鸡纵是名贵的山珍，但并不真的贵得惊人。一盘红烧鸡纵的价钱和一碗黄焖鸡不相上下，因为这东西在云南并不难得。有一个笑话：有人从昆明坐火车到呈贡，在车上看到地上有一棵鸡纵，他跳下去把鸡纵捡了，紧赶两步，还能爬上火车。这笑话用意在说明昆明到呈贡的火车之慢，但也说明鸡纵随处可见。有一种菌子，中吃不中看，叫做干巴菌。乍一看那样子，真叫人怀疑：这种东西也能吃？！颜色深褐带绿，有点像一堆半干的牛粪或一个被踩破了的马蜂窝。里头还有许多草茎、松毛，乱七八糟！可是下点功夫，把草茎、松毛择净，撕成蟹腿肉粗细的丝，和青辣椒同炒，入口便会使你张目结舌：这东西这么好吃？！还有一种菌子，中看不中吃，叫鸡油菌。都是一般大小，有一块银圆那样大，滴溜儿圆，颜色浅黄，恰似鸡油一样。这种菌子只能做菜时配色用，没甚味道。

雨季的果子，是杨梅。卖杨梅的都是苗族女孩子，戴一顶小花帽子，穿着扳尖的绣了满帮花的鞋，坐在人家阶石的一角，不时吆唤一声："卖杨梅——"声音娇娇的。她们的声音使得昆明雨季的空气更加柔和了。昆明的杨梅很大，有一个乒乓球那样大，颜色黑红黑红的，叫做"火炭梅"。这个名字起得真好，真是像一球烧得炽红的火炭！一点都不酸！我吃过苏州洞庭山的杨梅、井冈山的杨梅，好像都比不上昆明的火炭梅。

雨季的花是缅桂花。缅桂花即白兰花，北京叫做"把儿兰"（这个名字真不好听）。云南把这种花叫做缅桂花，可能最初这种花是从缅甸传入的，而花的香味又有点像桂花，其实这跟桂花实在没有什么关系。——不过话又说回来，别处叫它白兰、把儿兰，它和兰花也挨不上呀，也不过是因为它很香，香得像兰花。我在家乡看到的白兰多是一人高，昆明的缅桂是大树！我在若园巷二号住过，院里有一棵大缅桂，密密的叶子，把四周房间都映绿了。缅桂盛开的时候，房东（是一个五十多岁的寡妇）和她的一个养女，搭了梯子上去摘，每天要摘下来好些，拿到花市上去卖。她大概是怕房客们乱摘她的花，时常给各家送去一些。有时送来一个七寸盘子，里面摆得满满的缅桂花！

带着雨珠的缅桂花使我的心软软的，不是怀人，不是思乡。

雨，有时是会引起人一点淡淡的乡愁的。李商隐的《夜雨寄北》是为许多久客的游子而写的。我有一天在积雨稍住的早晨和德熙从联大新校舍到莲花池去。看了池里的满池清水，看了着比丘尼装的陈圆圆的石像（传说陈圆圆随吴三桂到云南后出家，暮年投莲花池而死），雨又下起来了。莲花池边有一条小街，有一个小酒店，我们走进去，要了一碟猪头肉，半斤市酒（装在上了绿釉的土瓷杯里），坐了下来。雨下大了。酒店有几只鸡，都把脑袋反插在翅膀下面，一只脚着地，一动也不动地在檐下站着。酒店院子里有一架大木香花。昆明木香花很多。有的小河沿岸都是木香。但是这样大的木香却不多见。一棵木香，爬在架上，把院子遮得严严的。密匝匝的细碎的绿叶，数不清的半开的白花和饱涨的花骨朵，都被雨水淋得湿透了。我们走不了，就这样一直坐到午后。四十年后，我还忘不了那天的情味，写了一首诗：

莲花池外少行人，
野店苔痕一寸深。

浊酒一杯天过午，
木香花湿雨沉沉。

我想念昆明的雨。

一九八四年五月十九日

滇游新记

泼水节印象

作家访问团四月六日离家赴云南，是为了能赶上泼水节。

十一日到芒市。这是泼水节的前一天。这天干部带领群众上山采花。采的花名锥栗花，是一串一串繁密而细碎的白色的小花，略带点浅浅的豆绿。我们到时，全市已经用锥栗花装饰起来了。

泼水节由来的传说是大家都知道的：有一魔王，具无上魔力，猛恶残暴，祸祟人民。他有七个妻子。一日，魔王酒醉，告诉最年轻的妻子："我虽有无上魔力，亦有弱点。如拔下我的一根头发，在我颈上一勒，我头即断。"其妻乃乘魔王酣睡，拔取其头发一根，将魔王头颈勒断。不料魔王头落在哪里，哪里即起大火。魔王之妻只好将头抱着，七个妻子轮流抱持。她们身上沾染血污，气味腥臭。诸邻居人，乃各以香水，泼向她们，为除不洁，世代相沿，遂成节日。

这大概只是口头传说，并无文字记载。泼水节仪式中看不出和这个传说直接有关的痕迹。傣族人所以重视这个节，是因为这是傣历的新年。作为节日的象征的，是龙。节日广场的中心有一条木雕彩画的巨龙。傣族的龙和汉族的不大一样。汉族的龙大体像蛇，蜿蜒盘屈；傣族的龙有点像鸟，头尾高昂，如欲轻举。这是东南亚的龙，不是北方的龙。龙治水，这是南方人北方人都相信的。泼水节供养水龙，顺理成章。泼水节是水的节。

节日还没有正式开始，一早起来，远近已经是一片铓锣象脚鼓的声音。铓锣厚重，声音发闷而能传远，象脚鼓声也很低沉，节拍也似很单调，只是一股劲地咚咚咚咚……，蓬蓬蓬蓬……，不像北方锣鼓打出许多花点。不强烈，不高昂激越，而极温柔。

仪式很简单。先由地方负责同志讲话，然后由一个中年的女歌手祝福，女歌手神情端肃，曼声吟诵，时间不短，可惜听不懂祝福的词句，同时，有人分发泼水粑粑和金米饭。泼水粑粑乃以糯米粉和红糖，包在芭蕉叶中蒸熟；金米饭是用一种山花把糯米染黄蒸熟了的。

泼水开始。每人手里都提了一只小水桶，塑料的或白铁的，内装多半桶清水，水里还要滴几点香水，桶内插了花枝。泼水，并不是整桶地往你身上泼，只是用花枝蘸水，在你肩膀上掸两下，一面用傣语说："好吃好在。"我们是汉人，给我们泼水的大都用汉语说："祝你健康。""祝你健康"太一般了，不如"好吃好在"有意思。接受别人泼水后，可以也用花枝蘸水在对方肩头掸掸，或在肩上轻轻拍三下。"好吃好在"，——"祝你健康"。但是少男少女互泼，常常就不那么文雅了。越是漂亮的，挨泼的越多。主席台上有一个身材修长，穿了一身绿纱的姑娘，不大一会已经被泼得浑身上下都湿透了。

主席台上的桌椅都挪开了，为什么？有人告诉我：要在这里跳舞，跳“嘎漾”。台上跳，台下也跳。不知多少副铓锣象脚鼓都敲响了，蓬蓬咚咚，混成一片，分不清是哪一面锣哪一腔鼓敲出来的声音。

“嘎漾”的舞步比较简单。脚下一步一顿，手臂自然摆动，至胸前一转手腕。“嘎漾”是鹭鸶舞的意思。舞姿确是有点像鹭鸶。傣族人很喜欢鹭鸶。在碧绿的田野里时常可以看到成群的白鹭。“嘎漾”有十五六种姿式，主要的变化在腕臂。虽然简单，却很优美。傣族少女，着了筒裙，小腰秀颈，姗姗细步，跳起“嘎漾”，极有韵致。在台上跳“嘎漾”的，就是方才招呼我们吃泼水粑粑，用花枝为我们泼水的服务员，全都打扮得花枝招展，一个赛似一个。我问人：“她们是不是演员？”——“不是，有的是机关干部，有的是商店营业员。”

跳“嘎漾”的大部分是水傣，也有几个旱傣，她们也是服务人员。旱傣少女的打扮别是一样：头上盘了极粗的发辫，插了一头各种颜色的绢花。白纱上衣，窄袖，胸前别满了黄灿灿的镀金饰物。一边龙，一边凤，还有一些金花、金蝶、金葫芦。下面是黑色的喇叭裤，系黑短围裙，垂下两根黑地彩绣的长飘带。水傣少女长裙曳地，仪态万方；旱傣少女则显得玲珑而带点稚气。

泼水节是少女的节，是她们炫耀青春、比赛娇美的节日。正是由于这些着意打扮，到处活跃的少女，才把节日衬托得如此华丽缤纷，充满活力。

晚上有宴会，到各桌轮流敬酒的，还是她们。一个一个重新梳洗，换了别样的衣裙，容光焕发，精力旺盛。她们的敬酒，可有点霸道。杯到人到，非喝不可。好在砂仁酒度数不高而气味极香，多喝两杯也无妨。我问一个岁数稍大的姑娘："你们今天是不是把全市的美人都动员来了？"她笑着说："哪里哟！比我们好看的有的是！"

第二天，我们到法帕区又参加了一次泼水节。规模不能与芒市比，但在杂乱中显出粗豪，另是一种情趣。

归时已是黄昏。德宏州时差比北京晚一小时，过七点了，天还不暗。但是泼水高潮已过。泼水少女，已经尽兴，三三两两，阑珊归去，只余少数顽童，还用整桶泥水，泼向行人车辆。

有一个少女在河边洗净筒裙，晾在树上。同行的一位青年小说家，有诗人气质，说他看了两天泼水节，没有觉得怎么样，看了这个少女晾筒裙，忽然非常感动。

泼水归来日未曛，
散抛锥栗入深林。
铓锣象鼓声犹在，
缅桂梢头晾筒裙。

泼水、泼人、被泼，都是未婚少女的事。一出嫁，即不再参与。已婚妇女的装束也都改变了。不再着鲜艳的筒裙，只穿白色衫裤，头上系一个衬有硬胎的高高的黑绸圆筒。背上大都用兜布背上一个孩子，她们也过泼水节，但只是来看看热闹。她们的神情也变了，冷静、淡漠，也许还有点惆怅、凄凉，不再像少女那样笑声琅琅，神采飞扬，眼睛发光。

一九八七年五月四日

大等喊

云南省作协的同志安排我们在一个傣族寨子里住一晚上。地名大等喊。

车从瑞丽出发，经过一个中缅边界的寨子，云井寨。一条宽路从缅甸通向中国，可以直来直往。除了有一个水泥界桩外，无任何标志。对面有一家卖饵丝的铺子。有人买了一碗饵丝，一个缅甸女孩把饵丝递过来，这边把钱递过去。他们的手已经都伸过国界了。只要脚不跨过界桩，不算越境。

中缅边界真是和平边界。两国之间，不但毫无壁垒，连一道铁丝网都没有，简直不像两国的分界。我们到畹町的界桥头看过。桥头有一个检查站，旗杆上飘着中华人民共和国的国旗。一个缅甸小女孩提了饭盒走过界桥。她妈在畹町街上摆摊子做生意，她来给妈送饭来了。她每天过来，检查站的人都认得她。她大摇大摆地走过来，脸上带着一点笑。意思是：我又来了，你们好！站在国境线上，我才真正体会到中缅人民真是胞波。陈毅同志诗："共饮一江水"，是纪实，不是诗人的想象。

车经喊撒。喊撒有一个比较大的奘房，要去看看。

进寨子，有一家正在办丧事，陪同的同志说：“可以到他家坐坐。”傣族人对生死看得比较超脱，人过五十五死去，亲友不哭。这也许和信小乘佛教有关。这家的老人是六十岁死的，算是“喜丧”了。进寨，寨里的人似都没有哀戚的神色，只是显得很沉静。有几个中年人在糊扎引魂的幡幢——傣族人死后，要给他制一个缅塔尖顶似的纸幡幢，用竹竿高高地竖起来，这样他的灵魂才能上天，几个年轻人不紧不慢地敲铓锣、象脚鼓，另外一些人好像在忙着做饭。傣族的风俗，人死了，亲友要到这家来坐五天。这位老人死已三日，已经安葬，亲友们还要坐两天。我们脱鞋，登木梯，上了竹楼。竹楼很宽敞，一侧堆了很多叠得整整齐齐的被子，有二十来个岁数较大的男男女女在楼上坐着，抽烟、喝茶。他们也极少说话，静静的。

奘房是赕佛的地方。赕是傣语，本意是以物献佛，但不如说听经拜佛更确切些。傣族的赕佛，大体上是有一个男人跪在佛的前面诵念经文，很多信佛的跪在他身后听着。诵经人穿着如常人，也并无钟鼓法器，只是他一个人念，声音平直。偶尔拖长，大概是到了一个段落。傣族的跪，实系中国古代人的坐。古人席地而坐。膝着地，臀部落于脚跟，谓之坐。——如果直身，即为“长跪”。傣族赕佛时的姿势正是这样。

喊撒奘房的出名，除了比较大，还因为有一位佛爷。这位佛爷多年在缅甸，前三年才被请了回来。他并不领头赕佛，却坐在偏殿上。佛爷名叫伍并亚温撒，是全国佛教协会的理事，岁数不很大。他着了一身杏黄色的僧衣。这种僧衣不知叫什么，不是褊衫，也不是袈裟，上身好像只是一块布，缠裹着，袒其右臂。他身前坐了一些善男子。有人来了，向他合十为礼，他也点头笑答。有些信徒抽用一种树叶卷成的像雪茄似的烟。佛爷并不是道貌岸然，很随和。他和信徒们随意交谈。谈的似乎不是佛理，只是很家常的话，因为他不时发出很有人情味的笑声。

近午，至大等喊。等喊，傣语是堆金的地方。因为有两个寨子都叫等喊，汉族人就在前面多加了一个字，一个叫大等喊，一个叫小等喊。傣语往往用很少的音节表示很多的意思，如畹町，意思是太阳当顶的地方。因为电影《葫芦信》《孔雀公主》都在大等喊拍过外景，所以旅游的人都想来看看。

住的旅馆名“醉仙楼”，这是个汉族名字，老板在招牌下面于是又加了两个字：傣家。老板是汉人，夫人是傣族。两层的木结构建筑，作曲尺形。房间不多，作家访问团二十余人，就基本上住满了。房间里有床，并不是叫我们睡在地板上。房屋样式稍稍有点像竹楼。老板又花了钱把拍《葫芦信》和《孔雀公主》的布景上的装饰零件如木雕的佛龛之类买了下来，配置在廊厦角落，于是就很有点傣味了。

一住下来，泡一杯茶，往藤椅上一坐，觉得非常舒服。连日坐汽车，参加活动，大家都累了，需要休息。

醉仙楼在寨口。一条平路，通到寨子里。寨里有几条岔路也极平整。寨里极安静。到处都是干干净净的，空气好极了。到处是树。一丛一丛的凤尾竹，很多柚子树。大等喊柚子是很有名的。现在不是柚子成熟的时候，只看见密密的深绿的树叶。空气里有一种淡淡的清苦味道，就是柚树叶片散发出来的。这里那里安置了一座一座竹楼，错落有致。傣家的竹楼不是紧挨着的，各家之间都有一段距离。除了当路的正门，竹楼的三面都是树。有一座奘房，大门锁着。我们到寨里一家首富的竹楼上作了会客，女主人汉话说得很好，善于应酬。楼上真是纤尘不染。

醉仙楼的傣族特点不在住房，而在饭食。我们在这里吃了四顿地道的傣族饭。芭蕉叶蒸豆腐。拿上来的是一个绿色的芭蕉叶的包袱，解开来，里面是豆腐，还加了点碎肉、香料，鲜嫩无比。竹筒烤牛肉。一截二尺许长的青竹，把拌了佐料的牛肉塞在里面，筒口用树叶封住，放在柴火里烤熟，切片装盘。牛肉外面焦脆，闻起来香，吃起来有嚼头。牛肉丸子。傣族人很会做牛肉。丸子小小的，我们吃了都以为是鱼丸子，因为极其细嫩。问了问，才知道是牛肉的。做这种丸子不用刀剁，而是用两根铁棒敲，要敲两个小时。苦肠丸子。苦肠是牛肠里没有完全消化的青草。傣族人生吃，做调料，蘸肉，是难得的美味。听说要请我们吃苦肠，我很高兴。只是老板怕我们吃不来，是和在肉丸子里蒸了的。有一点苦味，大概是因为碎草里有牛的胆汁。其实我倒很想尝尝生苦肠的味道。弄熟了，意思就不大了。当然，还少不了傣家的看家菜：酸笋煮鸡。不过这道菜我们在畹町、芒市都已经吃过了。小菜是酸腌菜、鱼眼睛菜——一种树的嫩头，有小骨朵如鱼眼，酸渍。傣族人喜食酸。

老舍精选作品系列

1

2

3

4

5

1《不成问题的问题》 42元
老舍/著 2017年06月

2《骆驼祥子》 39.80元
老舍/著 2017年04月

3《正红旗下·离婚》 48元
老舍/著 2017年04月

4《四世同堂》 120元
老舍/著 2017年04月

5《想北平》 39.80元
老舍/著 2017年04月

《收获》杂志青年小说家精选专辑

1

2

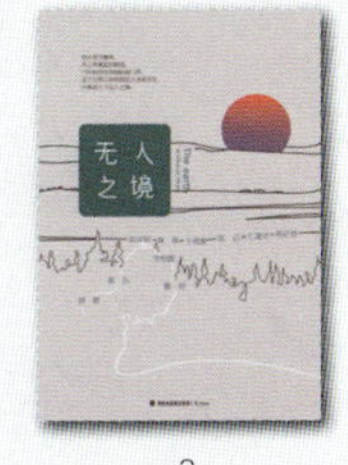

3

1《动物形状的烟火》 42元
张悦然等/著 2017年06月

2《我准备不发疯》 42元
双雪涛等/著 2017年07月

3《无人之境》 42元
七堇年等/著 2017年07月

1

2

3

4

5

6

1 《八卦医学史2》 42元

烧伤超人阿宝/著 2017年02月

阐释一些历史背后的真实，也解答一些关于当代医疗普遍存在的困惑。

有趣，有料，有情怀。

2 《八卦医学史：不生病，历史也会不一样》 39.80元

烧伤超人阿宝/著 2015年10月

在八卦中科普医学知识，从故事里扒出历史真相，在真相中省察人性与人心。

3 《郭大夫的诊室故事》 42元

郭启煜/著 2017年07月

37个诊室瞬间，37个温暖的故事，揭示患者的喜怒哀乐，医者的酸甜苦辣……

4 《抗癌：防治复发》 45元

徐晓、海鹰/著 2017年08月

别怕，让一切重新来过！

抗癌，靠坚强，更靠智慧！

5 《抗癌：第一时间的抉择》 35元

徐晓、海鹰/著 2014年01月

抗癌，靠坚强，更靠智慧！我们能活，你也能！

6 《细胞叛变记》 45元

[美] 乔治·约翰逊/著 2015年07月

解开医学最深处的秘密。

画在人心的苦闷上

李宗陶/著

I S B N　978-7-5459-1217-3
类　　别　文学·非虚构
装　　帧　平装 / 四色 / 16开 / 364页
定　　价　58元
上市时间　2016年10月

李安，张晓刚，徐冰，老树，毛焰，邱志杰，何多苓，罗中立，周英华，刘晓东，耿建翌，川美77级油画班，凯伦·史密斯，加里·格拉夫曼……多位当代艺术界现象级人物云集于此，本书深度对话当代艺术界的现象级人物，带你抵达艺术家的心灵。

为品质阅读而生

飞鹭出品

鹭江出版社
LUJIANG PUBLISHING HOUSE

醉仙楼的老板不俗，他供应我们这几顿傣家饭是没有多少赚头的。他要请我们写几个字，特地大老远地跑到县城，和一位画家匀来了几张宣纸。醉仙楼每个房间里都放着一个缅甸细陶水壶，通身乌黑，造型很美。好几个作家想托他买。因为这两天没有缅甸人过来赶集，老板就按原价卖给了他们。这些作家于是一人攮了一个陶壶，上路了。

大等喊小住两天，印象极好。

这里的乌鸦比北方的小，鸟身细长，鸣声也较尖细，不像北方乌鸦哇哇地哑叫。

一九八七年五月八日

滇南草木状

尤加利树　尤加利树北方没有。四十六年前到昆明始识此树，树叶厚重，风吹作金石声。在屋里静坐读书，听着哗啦哗啦的声音，会忽然想起：这是昆明。说不上是乡愁，只是有点觉得此身如寄。因此对尤加利树颇有感情。

尤加利树木理旋拧，有一个特殊的用途，作枕木，经得起震，不易裂，现在枕木大都改成钢或水泥制造的了，这种树就不那么受到重视了。树叶提汁，可制糖果，即桉叶糖。爱吃桉叶糖的人也不是很多。

连云宾馆门内有一棵大尤加利树，粗可合抱，少见。

叶子花　昆明叶子花多，楚雄更多。龙江公园到处都是叶子花。这座公园是新建的，建筑物的墙壁栏杆的水泥都发干净的灰白色，叶子花的紫颜色更把公园衬托得十分明朗爽洁。芒市宾馆一丛叶子花攀附在一棵大树上。树有四丈高，花一直开到树顶。

叶子花的紫，紫得很特别，不像丁香，不像紫藤，也不像玫瑰，它就是它自己那样的一种紫。

叶子花夏天开花。但在我的印象里，它好像一年到头都开，老开着，没有见它枯萎凋谢过。大概它自己觉得不过是叶子，就随便开开吧。

叶子花不名贵，但不讨厌。

马缨花　走进龙江公园，我跟市文联的同志说：“楚雄如果选市花，可以选叶子花。”文联的同志说：“彝族有自己的花，——马缨花。”马缨花？马缨花即合欢，北方多得很。“这是杜鹃科，杜鹃的一种。”那么这不是合欢。走进开座谈会的会议室，桌上摆了一盆很大的花，我问“这是不是马缨花？”——“是的，是的。”名不虚传！这株马缨花干粗如酒杯口，横卧而出，矫矢如龙，似欲冲盆飞去。叶略似杜鹃而长，一丛一丛的，相抱如莲花瓣。周围的叶子深绿色，中心则为嫩绿。干端叶较密集，绿叶中开出一簇火红的花。花有点像杜鹃。但花瓣较坚厚，不像杜鹃那样的薄命相。花真是红。这是正红，大红。彝族人叫它马缨花是有道理的。云南的马缨花不是麻丝攒成的；而是用一方红布扎成一个绣球。马缨花不是缀在马的颈下，而是结在马的前额。如果是白马或黑马，老远就看得见非常显眼。

额头有马缨的马，多半是马帮里的头马。把这种花叫做马缨花，神似。马缨花大红大绿，颜色华贵，而姿态又颇奔放，于端庄中透出粗野，真是难得！

车行在高黎贡山中，公路两边的丛岭中，密林深处，时时可以看到一树通红通红的马缨花。

令箭　云南人爱种花。楚雄街上两边楼房的栏杆上摆得满满的花，各色各样，令箭尤其多。令箭北方常见，但不如楚雄的开花开得多。北方令箭，开几十朵就算不错，楚雄的令箭一盆开花上百朵。一片叶子上密密匝匝地涨出了好多骨朵，大概都有三十几个，真不得了！滇南草木，得天独厚，没有话说。

一品红　北京的一品红是栽在盆里的，高二三尺。芒市、盈江的一品红长成一人多高的树，绿叶少而红叶多，这也未免太过分了！

兰　云南兰花品类极多。盈江县招待所庭中有一棵香樟树，树丫里寄生的兰花就有四种。这都是热带兰花。有一种是我认得的，虎头兰。花大，浅黄色。有一舌，舌白，舌端有紫色斑点。其余三种都未见过。一种开白花，一种开浅绿花。另一种开淡银红色的花，花瓣近似剪秋罗，很长的一串，除了有兰花一样的长叶子披下来，真很难说这是兰花。

兰花最贵重的是素心兰。大理街上有一家门前放了两盆素心兰，旁贴一纸签："出售"。一看标价：两百。大理是素心兰的产地，本地昂贵如此，运到外地，可想而知。素心兰种在高高的泥盆里。盆腹鼓起，如一小坛。

在保山，有人要送我一盆虎头兰。怎么带呢？

茶花　茶花已经开过了。遗憾。

闻丽江有一棵茶花王，每年开花万朵，号称"万朵茶花"，——当然这是累计的，一次开不了那样多。不过这也是奇迹了。有人告诉过我，茶花最多只能开三百朵。

大青树　大青树不成材，连烧火都不燃，故能不遭斤斧，保其天年，唯堪与过往行人遮荫，此不材之材。滇南大青树多“一树成林”。

紫薇　紫薇我没有见很大的。昆明金殿两边各有一棵紫薇，树上挂一木牌，写明是“明代紫薇”，似可信。树干近根部已经老得不成样子，疙瘩流秋。梢头枝叶犹繁茂，开花时，必有可观。用手指搔搔它的树干，无反应。它已经那么老了，不再怕痒痒了。

湘行二记

桃花源记

汽车开进桃花源，车中一眼看见一棵桃树上还开着花。只有一枝，四五朵，通红的，如同胭脂。十一月天气，还开桃花！这四五朵红花似乎想努力地证明：这里确实是桃花源。

有一位原来也想和我们一同来看看桃花源的同志，听说这个桃花源是假的，就没有多大兴趣，不来了。这位同志真是太天真了。桃花源怎么可能是真的呢？《桃花源记》是一篇寓言。中国有几处桃花源，都是后人根据《桃花源诗并记》附会出来的。先有《桃花源记》，然后有桃花源。不过如果要在中国选举出一个桃花源，这一个应该有优先权。这个桃花源在湖南桃源县，桃源旧属武陵。而且这里有一条小溪，直通沅江。陶渊明的《桃花源记》不是这样说的么：“晋太原中，武陵人，捕鱼为业，缘溪行，忘路之远近……”

刚放下旅行包，文化局的同志就来招呼去吃擂茶。闻擂茶之名久矣，此来一半为擂茶，没想到下车后第一个节目便是吃擂茶，当然很高兴。茶叶、老姜、芝麻、米，加盐，放在一个擂钵里，用硬杂木做的擂棒“擂”成细末，用开水冲开，便是擂茶。吃擂茶时还要摆出十几个碟子，里面装的是炒米、炒黄豆、炒绿豆、炒包谷、炒花生、砂炒红薯片、油炸锅巴、泡菜、酸辣藠头……边喝边吃。擂茶别具风味，连喝几碗，浑身舒服。佐茶的茶食也都很好吃，藠头尤其好。我吃过的藠头多矣，江西的、湖北的、四川的……但都不如这里的又酸又甜又辣，桃源藠头滋味之浓，实为天下冠。桃源人都爱喝擂茶。有的农民家，夏天中午不吃饭，就是喝一顿擂茶。问起擂茶的来历，说是：诸葛亮带兵到这里，士兵得了瘟疫，遍请名医，医治无效，有一个老婆婆说：“我会治！”她熬了几大锅擂茶，说：“喝吧！”士兵喝了擂茶，都好了。这种说法当然也只好姑妄听之。诸葛亮有没有带兵到过桃源，无可稽考。根据印象，这一带在三国时应是吴国的地方，若说是鲁肃或周瑜的兵，还差不多。我总怀疑，这种喝茶法是宋代传下来的。《都城纪胜·茶坊》载：“冬天兼卖擂茶”。《梦粱录·茶肆》条载：“冬月添卖七宝擂茶”。有一本书载：“杭州人一天吃三十丈木头”。指的是每天消耗的“擂槌”的表层木质。“擂槌”大概就是桃源人所说的擂棒。“一天吃三十丈木头”，形容杭州人口之多。

擂槌可以擂别的东西，当然也可以擂茶。“擂”这个字是从宋代沿用下来的。“擂”者，擂而细之之谓也，跟擂鼓的擂不是一个意思。茶里放姜，见于《水浒传》，王婆家就有这种茶卖，《水浒传》第二十四回写道：“便浓浓的点两盏姜茶，将来放在桌子上。”从字面看，这种茶里有茶叶，有姜，至于还放不放别的什么，只好阙闻了。反正，王婆所卖之茶与桃源擂茶有某种渊源，是可以肯定的。湖南省不少地方喝“芝麻豆子茶”，即在茶里放入炒熟且碾碎的芝麻、黄豆、花生，也有放姜的，好像不加盐，茶叶则是整的，并不擂细，而且喝干了茶水还把叶子捞出来放进嘴里嚼嚼吃了，这可以说是擂茶的嫡堂兄弟。湖南人爱吃姜。十多年前在醴陵、浏阳一带旅行，公共汽车一到站，就有人托了一个瓷盘，里面装的是插在牙签上的切得薄薄的姜片，一根牙签上插五六片，卖与过客。本地人掏出角把钱，买得几串，就坐在车里吃起来，像吃水果似的。大概楚地卑湿，故湘人保存了不撤姜食的习惯。生姜、茶叶可以治疗某些外感，是一般的本草书上都讲过的。北方的农村也有把茶叶、芝麻一同放在嘴里生嚼用来发汗的偏方。因此，说擂茶最初起于医治兵士的时症，不为无因。

上午在山上桃花观里看了看。进门是一正殿，往后高处是“古隐君子之堂”。两侧各有一座楼，一名“蹑风”，用陶渊明“愿言蹑轻风”诗意；一名“玩月”，用刘禹锡故实。楼皆三面开窗，后为墙壁，颇小巧，不俗气。观里的建筑都不甚高大，疏疏朗朗，虽为道观，却无甚道士气，既没有一气三清的坐像，也没有伸着手掌放掌心雷降妖的张天师。楹联颇多，联语多隐括《桃花源记》词句，也与道教无关。这些联匾在“文化大革命”中由一看山的老人摘下藏了起来，没有交给“破四旧”的红卫兵，故能完整地重新挂出来，也算万幸了。

下午下山，去钻了“秦人洞”。洞口倒是有点像《桃花源记》

所写的那样，“山有小口，仿佛若有光”，“初极狭，才通人”。洞里有小小流水，深不过人脚面，然而源源不竭，蜿蜒流至山下。走了十几步，豁然开朗了，但并不是“土地平旷，屋舍俨然，有良田桑竹之属，阡陌交通，鸡犬相闻”。后面有一点平地，也有一块稻田，田中插一木牌，写着“千丘田”，实际上只有两间房子那样大，是特意开出来种了稻子应景的。有两个水池子，山上有一个擂茶馆，再后就又是山了。如此而已。因此不少人来看了，都觉得失望，说是“不像”。这些同志也真是天真。他们大概还想遇见几个避乱的秦人，请到家里，设酒杀鸡来招待他一番，这才满意。

看了秦人洞，便扶向路下山。山下有方竹亭，亭极古拙，四面有门而无窗，墙甚厚，拱顶，无梁柱，云是明时所筑，似可信。亭后旧有方竹，为国民党的兵砍尽。竹子这个东西，每隔三年，须删砍一次，不则挤死；然亦不能砍尽，砍尽则不复长。现在方竹亭后仍有一丛细竹，导游的说明牌上说：这种竹子看起来是圆的，摸起来是方的。摸了摸，似乎有点楞。但一切竹竿似皆不尽浑圆，这一丛细竹是补种来应景的，和我在成都薛涛井旁所见方竹不同，——那是真正“对角四方”的。方竹亭前原来有很多碑，“文化大革命”中都被红卫兵椎碎了，剩下一些石头乌龟昂着头空空地趴在那里。据说有一块明朝的碑，字写得很好，不知还能不能找到拓本。

旧的碑毁掉了，新的碑正在造出来。就在碎碑残骸不远处，有几个石工正在丁丁地斫治。一个小伙子在一块桃源石的巨碑上浇了水，用一块油石在慢慢地磨着。碑石绿如艾叶，很好看。桃源石很硬，磨起来很不容易。问：“磨这样一块碑得用多少工？”——“好多工啊？哪晓得呢！反正磨光了算！”这回答真有点无怀氏之民的风度。

晚饭后，管理处的同志摆出了纸墨笔砚，请求写几个字，把上午吃擂茶时想出的四句诗写给了他们：

红桃曾照秦时月，
黄菊重开陶令花。
大乱十年成一梦，
与君安坐吃擂茶。

晚宿观旁的小招待所，栏杆外面，竹树萧然，极为幽静。桃花源虽无真正的方竹，但别的竹子都可看。竹子都长得很高，节子也长，竹叶细碎，姗姗可爱，真是所谓修竹。树都不粗壮，而都甚高。大概树都是从谷底长上来的，为了够得着日光，就把自己拉长了。竹叶间有小鸟穿来穿去，绿如竹叶，才一寸多长。

修竹姗姗节子长，
山中高树已经霜。
经霜竹树皆无语，
小鸟啾啾为底忙？

晨起，至桃花观门外闲眺，下起了小雨。

山下鸡鸣相应答，
林间鸟语自高低。
芭蕉叶响知来雨，
已觉清流涨小溪。

做了一日武陵人，临去，看那个小伙子磨的石碑，似乎进展不大。门口的桃花还在开着。

岳阳楼记

岳阳楼值得一看。

长江三胜，滕王阁、黄鹤楼都没有了，就剩下这座岳阳楼了。

岳阳楼最初是唐开元中中书令张说所建，但在一般中国人印象里，它是滕子京建的。滕子京之所以出名，是由于范仲淹的《岳阳楼记》。中国过去的读书人很少没有读过《岳阳楼记》的。《岳阳楼记》一开头就写道："庆历四年春，滕子京谪守巴陵郡。越明年，政通人和，百废俱兴……"虽然范记写得很清楚，滕子京不过是"重修岳阳楼，增其旧制"，然而大家不甚注意，总以为这是滕子京建的。岳阳楼和滕子京这个名字分不开了。滕子京一生做过什么事，大家不去理会，只知道他修建了岳阳楼，好像他这辈子就做了这一件事。滕子京因为岳阳楼而不朽，而岳阳楼又因为范仲淹的一记而不朽。若无范仲淹的《岳阳楼记》，不会有那么多人知道岳阳楼，有那么多人对它向往。《岳阳楼记》通篇写得很好，而尤其为人传诵者，是“先天下之忧而忧，后天下之乐而乐”这两句名言。可以这样说：岳阳楼是由于这两句名言而名闻天下的。这大概是滕子京始料所不及，亦为范仲淹始料所不及。这位“胸中自有数万甲兵”的范老子的事迹大家也多不甚了了，他流传后世的，除了几首词，最突出的，便是一篇《岳阳楼记》和《记》里的这两句话。这两句话哺育了很多后代人，对中国知识分子的品德的形成，产生了极其深远的影响。匹夫而为百世师，一言而为天下法，呜呼，立言的价值之重且大矣，可不慎哉！

写这篇《记》的时候，范仲淹不在岳阳，他被贬在邓州，即今延安，而且听说他根本就没有到过岳阳，《记》中对岳阳楼四周景色的描写，完全出诸想象。这真是不可思议的事。他没有到过岳阳，可是比许多久住岳阳的人看到的还要真切。岳阳的景色是想象的，但是“先天下之忧而忧，后天下之乐而乐”的思想却是久经考虑，出于胸臆的，真实的、深刻的。看来一篇文章最重要的是思想。有了独特的思想，才能调动想象，才能把在别处所得到的印象概括集中起来。范仲淹虽可能没有看到过洞庭湖，但是他看到过很多巨浸大泽。他是吴县人，太湖是一定看过的。我很深疑他对洞庭湖的描写，有些是从太湖印象中借用过来的。

现在的岳阳楼早已不是滕子京重修的了。这座楼烧掉了几次。据《巴陵县志》载：岳阳楼在明崇祯十二年毁于火，推官陶宗孔重建。清顺治十四年又毁于火，康熙二十二年由知府李遇时、知县赵士珩捐资重建。康熙二十七年又毁于火，直到乾隆五年由总督班第集资修复。因此范记所云“刻唐贤、今人诗赋于其上”，已不可见。现在楼上刻在檀木屏上的《岳阳楼记》系张照所书，楼里的大部分楹联是到处写字的“道州何绍基”写的，张、何皆乾隆间人。但是人们还相信这是滕子京修的那座楼，因为范仲淹的《岳阳楼记》实在太深入人心了。也很可能，后来两次修复，都还保存了滕楼的旧样。九百多年前的规模格局，至今犹能得其仿佛，斯可贵矣。

我在别处没有看见过一个像岳阳楼这样的建筑。全楼为四柱、三层、盔顶的纯木结构。主楼三层，高十五米，中间以四根楠木巨柱从地到顶承荷全楼大部分重力，再用十二根宝柱作为内围，外围绕以十二根檐柱，彼此牵制，结为整体。全楼纯用木料构成，逗缝对榫，没用一钉一铆，一块砖石。楼的结构精巧，但是看起来端庄浑厚，落落大方，没有搔首弄姿的小家气，在烟波浩淼的洞庭湖上很压得住，很有气魄。

岳阳楼本身很美，尤其美的是它所占的地势。“滕王高阁临江渚”，看来和长江是有一段距离的。黄鹤楼在蛇山上，晴川历历，芳草萋萋，宜俯瞰，宜远眺，楼在江之上，江之外，江自江，楼自楼。岳阳楼刚好像直接从洞庭湖里长出来的。楼在岳阳西门之上，城门口即是洞庭湖。伏在楼外女墙上，好像洞庭湖就在脚底，丢一个石子，就能听见水响。楼与湖是一整体。没有洞庭湖，岳阳楼不成其为岳阳楼；没有岳阳楼，洞庭湖也就不成其为洞庭湖了。站在岳阳楼上，可以清清楚楚看到湖中帆船来往，渔歌互答，可以扬声与舟中人说话；同时又可远看浩浩汤汤，横无际涯，北通巫峡，南极潇湘的湖水，远近咸宜，皆可悦目。“气蒸云梦泽，波撼岳阳城”，并非虚语。

我们登岳阳楼那天下雨，游人不多。有三四级风，洞庭湖里的浪不大，没有起白花。本地人说不起白花的是“波”，起白花的是“涌”。“波”和“涌”有这样的区别，我还是第一次听到。这可以增加对于“洞庭波涌连天雪”的一点新的理解。

夜读《岳阳楼诗词选》。读多了，有千篇一律之感。最有气魄的还是孟浩然的那一联，和杜甫的“吴楚东南坼，乾坤日夜浮”。刘禹锡的“遥望洞庭山水翠，白银盘里一青螺”，化大境界为小景，另辟蹊径。许棠因为《洞庭》一诗，当时号称“许洞庭”，但“四顾疑无地，中流忽有山”，只是工巧而已。滕子京的《临江仙》把“气蒸云梦泽，波撼岳阳城”，“曲终人不见，江上数峰青”整句地搬了进来，未免过于省事！吕洞宾的绝句：“朝游岳鄂暮苍梧，袖里青蛇胆气粗。三醉岳阳人不识，朗吟飞过洞庭湖”，很有点仙气，但我怀疑这是伪造的（清人陈玉垣《岳阳楼》诗有句云：“堪惜忠魂无处奠，却教羽客踞华楹”，他主张岳阳楼上当奉屈左徒为宗主，把楼上的吕洞宾的塑像请出去，我准备投他一票）。写得最美的，还是屈大夫的“袅袅兮秋风，洞庭波兮木叶下”，两句话，把洞庭湖就写完了！

一九八二年十二月八日　北京

天山行色

南山塔松

所谓南山者，是一片塔松林。

乌鲁木齐附近，可游之处有二，一为南山，一为天池。凡到乌鲁木齐者，无不往。

南山是天山的边缘，还不是腹地。南山是牧区。汽车渐入南山境，已经看到牧区景象。两边的山起伏连绵，山势皆平缓，望之浑然，遍山长着茸茸的细草。去年雪不大，草很短。老远的就看到山间错错落落，一丛一丛的塔松，黑黑的。

汽车路尽，舍车从山涧两边的石径向上走，进入松林深处。

塔松极干净，叶片片片如新拭，无一枯枝，颜色蓝绿。空气也极干净。我们藉草倚树吃西瓜，起身时衣裤上都沾了松脂。

新疆雨量很少，空气很干燥，南山雨稍多，本地人说："一块帽子大的云也能下一阵雨。"然而也不过只是帽子大的云的那么一点雨耳，南山也还是干燥的。然而一棵一棵塔松密密地长起来了，就靠了去年的雪和那么一点雨。塔松林中草很丰盛，花很多，树下可以捡到蘑菇。蘑菇大如掌，洁白细嫩。

塔松带来了湿润，带来了一片雨意。

树是雨。

南山之胜处为杨树沟、菊花台，皆未往。

天池雪水

一位维吾尔族的青年油画家（他看来很有才气）告诉我：天池是不能画的，太蓝，太绿，画出来像是假的。

天池在博格达雪山下。博格达山终年用它的晶莹洁白吸引着乌鲁木齐人的眼睛。博格达是乌鲁木齐的标志，乌鲁木齐的许多轻工业产品都用博格达山做商标。

汽车出乌鲁木齐，驰过荒凉苍茫的戈壁滩，驰向天池。我恍惚觉得不是身在新疆，而是在南方的什么地方。庄稼长得非常壮大茁实，油绿油绿的，看了教人身心舒畅。路旁的房屋也都干净整齐。行人的气色也很好，全都显出欣慰而满足。黄发垂髫，并怡然自得。有一个地方，一片极大的坪场，长了一片极大的榆树林。榆树皆数百年物，有些得两三个人才抱得过来。树皆健旺，无衰老态。树下悠然地走着牛犊。新疆山风化层厚，少露石骨。有一处，悬崖壁立，石骨尽露，石质坚硬而有光泽，黑如精铁，石缝间长出大树，树荫下覆，纤藤细草，蒙翳披纷，石壁下是一条湍急而清亮的河水——这不像是新疆，好像是四川的峨眉山。

到小天池（谁编出来的，说这是王母娘娘洗脚的地方，真是煞风景！）少憩，在崖下池边站了一会，赶快就上来了：水边凉气逼人。

到了天池，嗬！那位维族画家说得真不错。有人脱口说了一句："春水碧于蓝"。

天池的水，碧蓝碧蓝的。上面，稍远处，是雪白的雪山。对面的山上密密匝匝地布满了塔松，——塔松即云杉。长得非常整齐，一排一排地，一棵一棵挨着，依山而上，显得是人工布置的。池水极平静，塔松、雪山和天上的云影倒映在池水当中，一丝不爽。我觉得这不像在中国，好像是在瑞士的风景明信片上见过的景色。

或说天池是火山口，——中国的好些天池都是火山口，自春至夏，博格达山积雪溶化，流注其中，终年盈满，水深不可测。天池雪水流下山，流域颇广。凡雪水流经处，皆草木华滋，人畜两旺。

作《天池雪水歌》:

明月照天山，雪峰淡淡蓝。
春暖雪化水流澌，流入深谷为天池。
天池水如孔雀绿，水中森森万松覆。
有时倒映雪山影，雪山倒影明如玉。
天池雪水下山来，快笑高歌不复回。
下山水如蓝玛瑙，卷沫喷花斗奇巧。
雪水流处长榆树，风吹白杨绿火炬。
雪水流处有人家，白白红红大丽花。
雪水流处小麦熟，新面打馕烤羊肉。
雪水流经山北麓，长宜子孙聚国族。
天池雪水深几许？储量恰当一年雨。
我从燕山向天山，曾度苍茫戈壁滩。
万里西来终不悔，待饮天池一杯水。

天　山

天山大气磅礴，大刀阔斧。

一个国画家到新疆来画天山，可以说是毫无办法。所有一切皴法，大小斧劈、披麻、解索、牛毛、豆瓣，统统用不上。天山风化层很厚，石骨深藏在砂砾泥土之中，表面平平浑浑，不见棱角。一个大山头，只有阴阳明暗几个面，没有任何琐碎的笔触。

天山无奇峰，无陡壁悬崖，无流泉瀑布，无亭台楼阁，而且没有一棵树，——树都在“山里”。画国画者以树为山之目，天山无树，就是一大片一大片紫褐色的光秃秃的裸露的干山，国画家没了辙了！

自乌鲁木齐至伊犁，无处不见天山。天山绵延不绝，无尽无休，其长不知几千里也。

天山是雄伟的。

早发乌苏望天山

苍苍浮紫气，天山真雄伟。

陵谷分阴阳，不假皴擦美。

初阳照积雪，色如胭脂水。

往霍尔果斯途中望天山

天山在天上，没在白云间。

色与云相似，微露数峰巅。

只从蓝襞褶，遥知这是山。

伊犁闻鸠

到伊犁，行装甫卸，正洗着脸，听见斑鸠叫：

“鹁鸪鸪——咕”。

“鹁鸪鸪——咕……”

这引动了我的一点乡情。

我有很多年没有听见斑鸠叫了。

我的家乡是有很多斑鸠的。我家的荒废的后园的一棵树上，住着一对斑鸠。“天将雨，鸠唤妇”，到了浓阴将雨的天气，就听见斑鸠叫，叫得很急切：

“鹁鸪鸪，鹁鸪鸪，鹁鸪鸪……”

斑鸠在叫它的媳妇哩。

到了积雨将晴，又听见斑鸠叫，叫得很懒散：

“鹁鸪鸪，——咕！”

“鹁鸪鸪，——咕！”

单声叫雨，双声叫晴。这是双声，是斑鸠的媳妇回来啦。“——咕”，这是媳妇在应答。

是不是这样呢？我一直没有踏着挂着雨珠的青草去循声观察过。然而凭着鸠声的单双以占阴晴，似乎很灵验。我小时常常在将雨或将晴的天气里，谛听着鸣鸠，心里又快乐又忧愁，凄凄凉凉的，凄凉得那么甜美。

我的童年的鸠声啊。

昆明似乎应该有斑鸠，然而我没有听鸠的印象。

上海没有斑鸠。

我在北京住了多年，没有听过斑鸠叫。

张家口没有斑鸠。

我在伊犁，在祖国的西北边疆，听见斑鸠叫了。

“鹁鸪鸪——咕。”

“鹁鸪鸪——咕……”

伊犁的鸠声似乎比我故乡的要低沉一些，苍老一些。

有鸠声处，必多雨，且多大树。鸣鸠多藏于深树间。伊犁多雨。伊犁在全新疆是少有的雨多的地方。伊犁的树很多。我所住的伊犁宾馆，原是苏联领事馆，大树很多，青皮杨多合抱者。

伊犁很美。

洪亮吉《伊犁记事诗》云：

鹁鸪啼处却春风，宛与江南气候同。

注意到伊犁的鸠声的，不是我一个人。

伊犁河

人间无水不朝东，伊犁河水向西流。

河水颜色灰白，流势不甚急，不紧不慢，汤汤洄洄，似若有所依恋。河下游，流入苏联境。

在河边小作盘桓。使我惊喜的是河边长满我所熟悉的水乡的植物：芦苇、蒲草。蒲草甚高，高过人头。洪亮吉《天山客话》记云：“惠远城关帝庙后，颇有池台之胜，池中积蒲盈顷，游鱼百尾，蛙声间之。”伊犁河岸之生长蒲草，是古已有之的事了。蒲苇旁边，摇动着一串一串殷红的水蓼花，俨然江南秋色。

蹲在伊犁河边捡小石子，起身时发觉腿上脚上有几个地方奇痒，伊犁有蚊子！乌鲁木齐没有蚊子，新疆很多地方没有蚊子。伊犁有蚊子，因为伊犁水多。水多是好事，咬两下也值得。自来新疆，我才更深切地体会到水对于人的生活的重要性。

几乎每人看到戈壁滩，都要发出这样的感慨：这么大的地，要是有水，能长多少粮食啊！

伊犁河北岸为惠远城。这是“总统伊犁一带”的伊犁将军的驻地，也是获罪的“废员”充军的地方。充军到伊犁，具体地说，就是到惠远。伊犁是个大地名。

惠远有新老两座城。老城建于乾隆二十七年，后为伊犁河水冲溃，废。光绪八年，于旧城西北郊十五里处建新城。

我们到新城看了看。城是土城，——新疆的城都是土城，黄土版筑而成，颇简陋，想见是草草营建的。光绪年间，清廷的国力已经很不行了。将军府遗址尚在，房屋已经翻盖过，但大体规模还看得出来。照例是个大衙门的派头，大堂、二堂、花厅，还有个供将军下棋饮酒的亭子。两侧各有一溜耳房，这便是“废员”们办事的地方。将军府下设六个处，“废员”们都须分发在各处效力。现在的房屋有些地方还保留当初的材料。木料都不甚粗大，有的地方还看得到当初的彩画遗迹，都很粗率。

新城没有多少看头，使人感慨兴亡，早生华发的是老城。

旧城的规模是不小的。城墙高一丈四，城周九里。这里有将军府，有兵营，有“废员”们的寓处，街巷市里，房屋栉比。

也还有茶坊酒肆，有“却卖鲜鱼饲花鸭”“铜盘炙得花猪好”的南北名厨。也有可供登临眺望，诗酒流连的去处。“城南有望河楼，面伊江，为一方之胜”，城西有半亩宫，城北一片高大的松林。到了重阳，旧家亭子的菊花开得正好，不妨开宴。惠远是个“废员”“谪宦”“迁客”的城市。“自巡抚以下至簿尉，亦无官不具，又可知伊犁迁客之多矣”。从上引洪亮吉的诗文，可以看到这些迁客下放到这里，倒是颇不寂寞的。

伊犁河那年发的那场大水，是很不小的。大水把整个城全扫掉了。惠远城的城基是很高的，但是城西大部分已经塌陷，变成和伊犁河岸一般平的草滩了。草滩上的草很好，碧绿的，有牛羊在随意啃啮。城西北的城基犹在，人们常常可以在废墟中捡到陶瓷碎片，辨认花纹字迹。

城的东半部的遗址还在。城里的市街都已犁为耕地，种了庄稼。东北城墙，犹余半壁。城墙虽是土筑的，但很结实，厚约三尺。稍远，右侧，有一土墩，是鼓楼残迹，那应该是城的中心。林则徐就住在附近。

据记载：鼓楼前方第二巷，又名宽巷，是林的住处。我不禁向那个地方多看了几眼。林公则徐，您就是住在那里的呀？

伊犁一带关于林则徐的传说很多。有的不一定可靠。比如现在还在使用的惠远渠，又名皇渠，传说是林所修筑，有人就认为这不可信：林则徐在伊犁只有两年，这样一条大渠，按当时的条件，两年是修不起来的。但是林则徐之致力新疆水利，是不能否定的（林则徐分发在粮饷处，工作很清闲，每月只须到职一次，本不管水利）。林有诗云：“要荒天遣作箕子，此语足壮羁臣羁”，看来他虽在迁谪之中，还是壮怀激烈，毫不颓唐的。他还是想有所作为，为百姓做一点好事，并不像许多废员，成天只是“种树养花，读书静坐”（洪亮吉语）。林则徐离开伊犁时有诗云：“格登山色伊江水，回首依依勒马看”，他对伊犁是有感情的。

惠远城东的一个村边，有四棵大青枫树。传说是林则徐手植的。这大概也是附会。林则徐为什么会跑到这样一个村边来种四棵树呢？不过，人们愿意相信，就让他相信吧。

这样一个人，是值得大家怀念的。

据洪亮吉《客话》云：废员例当佩长刀，穿普通士兵的制服——短后衣。林则徐在伊犁日，亦当如此。

伊犁河南岸是察布查尔。这是一个锡伯族自治县。锡伯人善射，乾隆年间，为了戍边，把他们由东北的呼伦贝尔迁调来此。来的时候，戍卒一千人，连同家属和愿意一同跟上来的亲友，共五千人，路上走了一年多。——原定三年，提前赶到了。朝廷发下的差旅银子是一总包给领队人的，提前到，领队可以白得若干。一路上，这支队伍生下了三百个孩子！

这是一支多么壮观的，富于浪漫主义色彩，充满人情气味的队伍啊。五千人，一个民族，男男女女，锅碗瓢盆，全部家当，骑着马，骑着骆驼，乘着马车、牛车，浩浩荡荡，迤迤逦逦，告别东北的大草原，朝着西北大戈壁，出发了。落日，朝雾，启明星，北斗星。搭帐篷，饮牲口，宿营。火光，炊烟，茯茶，奶子。歌声，谈笑声。哪一个帐篷或车篷里传出一声啼哭，“呱——”又一个孩子出生了，一个小锡伯人，一个未来的武士。

一年多。

三百个孩子。

锡伯人是骄傲的。他们在这里驻防二百多年，没有后退过一步。没有一个人跑过边界，也没有一个人逃回东北，他们在这片土地扎下了深根。

锡伯族到现在还是善射的民族。他们的选手还时常在各地举行的射箭比赛中夺标。

锡伯人是很聪明的，人们一般都会说几种语言，除了锡伯语，还会说维语、哈萨克语、汉语。他们不少人还能认古满文。在故宫翻译、整理满文老档的，有几个是从察布查尔调去的。英雄的民族！

雨晴，自伊犁往尼勒克。

车中望乌孙山

一痕界破地天间，
浅绛依稀暗暗蓝。
夹道白杨无尽绿，
殷红数点女郎衫。

尼勒克

站在尼勒克街上，好像一步可登乌孙山。乌孙故国在伊犁河上游特克斯流域，尼勒克或当是其辖境。细君公主、解忧公主远嫁乌孙，不知有没有到过这里。汉代女外交家冯嫽夫人是个活跃人物，她的锦车可能是从这里走过的。

尼勒克地方很小，但是境内现有十三个民族。新疆的十三个民族，这里全有。喀什河从城外流过，水清如碧玉，流甚急。

唐巴拉牧场

在乌鲁木齐，在伊犁，接待我们的同志，都劝我们到唐巴拉牧场去看看，说是唐巴拉很美。

唐巴拉果然很美，但是美在哪里，又说不出。勉强要说，只好说：这儿的草真好！

喀什河经过唐巴拉，流着一河碧玉。唐巴拉多雨。由尼勒克往唐巴拉，汽车一天到不了，在卡提布拉克种蜂场住了一夜。那一夜就下了一夜大雨。有河，雨水足，所以草好。这是一个绿色的王国，所有的山头都是碧绿的。绿山上，这里那里，有小牛在慢悠悠地吃草。唐巴拉是高山牧场，牲口都散放在山上，尽它自己漫山瞎跑，放牧人不用管它，只要隔两三天骑着马去看看，不像内蒙，牲口放在平坦的草原上。真绿，空气真新鲜，真安静，——一点声音都没有。

我们来晚了，早一个多月来，这里到处是花。种蜂场设在这里，就是因为这里花多。这里的花很多是药材、党参、贝母……蜜蜂场出的蜂蜜能治气管炎。

有的山是杉山。山很高，满山满山长了密匝匝的云杉。云杉极高大。这里的云杉据说已经砍伐了三分之二，现在看起来还很多。招待我们的一个哈萨克牧民告诉我们：林业局有规定，四百年以上的，可以砍；四百年以下的，不许砍。云杉长得很慢。他用手指比了比碗口粗细："一百年，才这个样子！"

到牧场，总要喝喝马奶子，吃吃手抓羊肉。

马奶子微酸，有点像格瓦斯，我在内蒙喝过，不难喝，但也不觉得怎么好喝。哈萨克人可是非常爱喝。他们一到夏天，就高兴了：可以喝"白的"了。大概他们冬天只能喝砖茶，是黑的。马奶子要夏天才有，要等母马下了驹子，冬天没有。一个才会走路的男娃子，老是哭闹。给他糖，给他苹果，都不要，摔了。他妈给他倒了半碗马奶子，他巴呷巴呷地喝起来，安静了。

招待我们的哈萨克牧人的孩子把一群羊赶下山了。我们看到两个男人把羊一只一只周身揣过，特别用力地揣它的屁股蛋子。我们明白，这是揣羊的肥瘦（羊们一定不明白，主人这样揣它是干什么），揣了一只，拍它一下，放掉了；又重捉过一只来，反复地揣。看得出，他们为我们选了一只最肥的羊羔。

哈萨克吃羊肉和内蒙不同，内蒙是各人攥了一大块肉，自己用刀子割了吃。哈萨克是：一个大瓷盘子，下面衬着煮烂的面条，上面覆盖着羊肉，主人用刀把肉割成碎块，大家连肉带面抓起来，送进嘴里。

好吃吗？

好吃！

吃肉之前，由一个孩子提了一壶水，注水遍请客人洗手，这风俗近似阿拉伯、土耳其。

“唐巴拉”是什么意思呢？哈萨克主人说：听老人说，这是蒙古话。从前山下有一片大树林子，蒙古人每年来收购牲畜，在树上烙了好些印子（印子本是烙牲口的），作为买卖的标志。唐古拉是印子的意思。他说：也说不准。

赛里木湖·果子沟

乌鲁木齐人交口称道赛里木湖、果子沟。他们说赛里木湖水很蓝；果子沟要是春天去，满山都是野苹果花。我们从乌鲁木齐往伊犁，一路上就期待着看看这两个地方。

车出芦草沟，迎面的天色沉了下来，前面已经在下雨。到赛里木湖，雨下得正大。

赛里木湖的水不是蓝的呀。我们看到的湖水是铁灰色的。风雨交加，湖里浪很大。灰黑色的巨浪，一浪接着一浪，扑面涌来。撞碎在岸边，溅起白沫。这不像是湖，像是海。荒凉的，没有人迹的，冷酷的海。没有船，没有飞鸟。赛里木湖使人觉得很神秘，甚至恐怖。赛里木湖是超人性的。它没有人的气息。

湖边很冷，不可久留。

林则徐一八四二年（距今整一百四十年）十一月五日，曾过赛里木湖。林则徐日记云："土人云：海中有神物如青羊，不可见，见则雨雹。其水亦不可饮，饮则手足疲软，谅是雪水性寒故耳。"林则徐是了解赛里木湖的性格的。

到伊犁，和伊犁的同志谈起我们见到的赛里木湖，他们都有些惊讶，说："真还很少有人在大风雨中过赛里木湖。"

赛里木湖正南，即果子沟。车到果子沟，雨停了。我们来的不是时候，没有看到满山密雪一样的林檎的繁花，但是果子沟给我留下一个非常美的印象。

吉普车在山顶的公路上慢行着，公路一侧的下面是重重复复的山头和深浅不一的山谷。山和谷都是绿的，但绿得不一样。浅黄的、浅绿的、深绿的。每一个山头和山谷多是一种绿法。大抵越是低处，颜色越浅；越往上，越深。新雨初晴，日色斜照，细草丰茸，光泽柔和，在深深浅浅的绿山绿谷中，星星点点地散牧着白羊、黄犊、枣红的马，十分悠闲安静。迎面陡峭的高山上，密密地矗立着高大的云杉。一缕一缕白云从黑色的云杉间飞出。这是一个仙境。我到过很多地方，从来没有觉得什么地方是仙境。到了这儿，蓦然想起这两个字。我觉得这里该出现一个小小的仙女，穿着雪白的纱衣，披散着头发，手里拿一根细长的牧羊杖，赤着脚，唱着歌，歌声悠远，回绕在山谷之间……

从伊犁返回乌鲁木齐，重过果子沟。果子沟不是来时那样了。草、树、山，都有点发干，没有了那点灵气。我不再觉得这是一个仙境了。旅游，也要碰运气。我们在大风雨中过赛里木，雨后看果子沟，皆可遇而不可求。

汽车转过一个山头，一车的人都叫了起来："哈！"赛里木湖，真蓝！好像赛里木湖故意设置了一个山头，挡住人的视线。绕过这个山头，它就像从天上掉下来似的，突然出现了。

真蓝！下车待了一会，我心里一直惊呼着：真蓝！

我见过不少蓝色的水。“春水碧于蓝”的西湖，“比似春莼碧不殊”的嘉陵江，还有最近看过的博格达雪山下的天池，都不似赛里木湖这样的蓝。蓝得奇怪，蓝得不近情理。蓝得就像绘画颜料里的普鲁士蓝，而且是没有化开的。湖面无风，水纹细如鱼鳞。天容云影，倒映其中，发宝石光。湖色略有深浅，然而一望皆蓝。

上了车，车沿湖岸走了二十分钟，我心里一直重复着这一句：真蓝。远看，像一湖纯蓝墨水。

赛里木湖究竟美不美？我简直说不上来。我只是觉得：真蓝。我顾不上有别的感觉，只有一个感觉——蓝。

为什么会这样蓝？有人说是因为水太深。据说赛里木湖水深至九十公尺。赛里木湖海拔二千零七十三米，水深九十公尺，真是不可思议。

“赛里木”是突厥语，意思是祝福、平安。突厥的旅人到了这里，都要对着湖水，说声：

“赛里木！”

为什么要说一声“赛里木！”是出于欣喜，还是出于敬畏？

赛里木湖是神秘的。

苏公塔

苏公塔在吐鲁番。吐鲁番地远，外省人很少到过，故不为人所知。苏公塔，塔也，但不是平常的塔。苏公塔是伊斯兰教的塔，不是佛塔。

据说，像苏公塔这样的结构的塔，中国共有两座，另一座在南京。

塔不分层。看不到石基木料。塔心是一砖砌的中心支柱。支柱周围有盘道，逐级盘旋而上，直至塔顶。外壳是一个巨大的圆柱，下丰上锐，拱顶。这个大圆柱是砖砌的，用结实的方砖砌出凹凸不同的中亚风格的几何图案，没有任何增饰。砖是青砖，外面涂了一层黄土，呈浅土黄色。这种黄土，本地所产，取之不尽，土质细腻，无杂质，富黏性。吐鲁番不下雨，塔上涂刷的土浆没有被冲刷的痕迹。二百余年，完好如新。塔高约相当于十层楼，朴素而不简陋，精巧而不繁琐。这样一个浅土黄色的、滚圆的巨柱，拔地而起，直向天空，安静肃穆，准确地表达了穆斯林的虔诚和信念。

塔旁为一礼拜寺，颇宏伟，大厅可容千人，但外表极朴素，土筑、平顶。这座礼拜寺的构思是费过斟酌的。不敢高，不与塔争势；不欲过卑，因为这是做礼拜的场所。整个建筑全由平行线和垂直线构成，无弧线，无波纹起伏，亦呈浅土黄色。

圆柱形的苏公塔和方正的礼拜寺造成极为鲜明的对比，而又非常协调。苏公塔追求的是单纯。

令人钦佩的是造塔的匠师把蓝天也设计了进去。单纯的，对比着而又协调着的浅土黄色的建筑，后面是吐鲁番盆地特有的明净无滓湛蓝湛蓝的天宇，真是太美了。没有蓝天，衬不出这种浅土黄色是多么美。一个有头脑的，聪明的匠师！

苏公塔亦称额敏塔。造塔的由来有两种说法。塔的进口处有一块碑，一半是汉字，一半是维文。汉字的说塔是额敏造的。额敏和硕，因助清高宗平定准噶尔有功，受封为郡王。碑文有感念清朝皇帝的意思，碑首冠以“大清乾隆”，自称“皇帝旧仆”。维文的则说这是额敏的长子苏来满造，为了向安拉祈福。不知道为什么会有这样两种不同的说法。由来不同，塔名亦异。

大戈壁·火焰山·葡萄沟

从乌鲁木齐到吐鲁番，要经过一片很大的戈壁滩。这是典型的大戈壁，寸草不生，没有任何生物。我经过别处的戈壁，总还有点芨芨草、梭梭、红柳，偶尔有一两棵曼陀罗开着白花，有几只像黑漆涂出来的乌鸦。这里什么都没有。没有飞鸟的影子，没有虫声，连苔藓的痕迹都没有。就是一片大平地，平极了。地面都是砾石。都差不多大，好像是筛选过的。有黑的、有白的。铺得很均匀。远看像铺了一地炉灰碴子，一望无际。真是荒凉，太古洪荒。真像是到了一个什么别的星球上。

我们的汽车以每小时八十公里的速度在平坦的柏油路上奔驰，我觉得汽车像一只快艇飞驶在海上。

戈壁上时常见到幻影，远看一片湖泊，清清楚楚。走近了，什么也没有。幻影曾经欺骗了很多干渴的旅人。幻影不难碰到，我们一路见到多次。

人怎么能通过这样的地方呢？他们为什么要通过这样的地方？他们要去干什么？

不能不想起张骞，想起班超，想起玄奘法师。这都是了不起的人……

快到吐鲁番了，已经看到坎儿井。坎儿井像一溜一溜巨大的蚁垤。下面，是暗渠，流着从天山引下来的雪水。这些大蚁垤是挖渠掏出的砾石堆。现在有了水泥管道，有些坎儿井已经废弃了，有些还在用着。总有一天，它们都会成为古迹的。但是不管到什么时候，看到这些巨大的蚁垤，想到人能够从这样的大戈壁下面，把水引了出来，还是会起历史的庄严感和悲壮感的。

到了吐鲁番，看到房屋、市街、树木，加上天气特殊的干热，人昏昏的，有点像做梦，有点不相信我们是从那样荒凉的戈壁滩上走过来的。

吐鲁番是一个著名的绿洲。绿洲是什么意思呢？我从小就在诗歌里知道绿洲，以为只是有水草树木的地方。而且既名为洲，想必很小。不对。绿洲很大。绿洲是人所居住的地方。绿洲意味着人的生活，人的勤劳，人的生老病死、喜怒哀乐，人的文明。

一出吐鲁番，南面便是火焰山。

又是戈壁。下面是苍茫的戈壁，前面是通红的火焰山。靠近火焰山时，发现戈壁上长了一丛丛翠绿翠绿的梭梭。这样一个无雨的、酷热的戈壁上怎么会长出梭梭来呢？而且是那样的绿！不知它是本来就是这样绿，还是通红的山把它衬得更绿了。大概在干旱的戈壁上，凡能发绿的植物，都罄其生命，拼命地绿。这一丛一丛的翠绿，是一声一声胜利的呼喊。

火焰山，前人记载，都说它颜色赤红如火。不止此也。整个山像一场正在延烧的大火。凡火之颜色、形态无不具。有些地方如火方炽，火苗高窜，颜色正红。有些地方已经烧成白热，火头旋拧如波涛。有一处火头得了风，火借风势，呼啸而起，横扯成了一条很长的火带，颜色微黄。有几处，下面的小火为上面的大火所逼，带着烟沫气流，倒溢而出。有几个小山岔，褶缝间黑黑的，分明是残火将熄的烟炱……

火焰山真是一个奇观。

火焰山大概是风造成的，山的石质本是红的，表面风化，成为细细的红沙。风于是在这些疏松的沙土上雕镂搜剔，刻出了一场热热烘烘、刮刮杂杂的大火。风是个大手笔。

火焰山下极热，盛夏地表温度至七十多度。

火焰山下，大戈壁上，有一条山沟，长十余里，沟中有一条从天山流下来的河，河两岸，除了石榴、无花果、棉花、一般的庄稼，种的都是葡萄，是为葡萄沟。

葡萄沟里到处是晾葡萄干的荫房。——葡萄干是晾出来的，不是晒出来的。四方的土房子，四面都用土墼砌出透空的花墙。无核白葡萄就一长串一长串地挂在里面，尽吐鲁番特有的干燥的热风，把它吹上四十天，就成了葡萄干，运到北京、上海、外国。

吐鲁番的葡萄全国第一，各样品种无不极甜，而且皮很薄，入口即化。吐鲁番人吃葡萄都不吐皮，因为无皮可吐。——不但不吐皮，连核也一同吃下，他们认为葡萄核是好东西。北京绕口令曰："吃葡萄不吐葡萄皮儿"，未免少见多怪。

泰山片石

序

我从泰山归，
携归一片云。
开匣忽相视，
化作雨霖霖。

泰山很大

泰即太，太的本字是大。段玉裁以为太是后起的俗字，太字下面的一点是后人加上去的。金文、甲骨文的大字下面如果加上一点，也不成个样子，很容易让人误解，以为是表示人体上的某个器官。

因此描写泰山是很困难的。它太大了，写起来没有抓挠。三千年来，写泰山的诗里最好的，我以为是《诗经》的《鲁颂》："泰山岩岩，鲁邦所詹。""岩岩"究竟是一种什么感觉，很难捉摸，但是登上泰山，似乎可以体会到泰山是有那么一股劲儿。詹即瞻。说是在鲁国，不论在哪里，抬起头来就能看到泰山。这是写实，然而写出了一个大境界。汉武帝登泰山封禅，对泰山简直不知道怎么说才好，只好发出一连串的感叹："高矣！极矣！大矣！特矣！壮矣！赫矣！惑矣！"完全没说出个所以然。这倒也是一种办法。人到了超经验的景色之前，往往找不到合适的语言，就只好狗一样地乱叫。杜甫诗《望岳》，自是绝唱，"岱宗夫何如，齐鲁青未了"，一句话就把泰山概括了。杜甫真是一个深受儒家思想影响的伟大的现实主义者，这一句诗表现了他对祖国山河的无比的忠悃。相比之下，李白的"天门一长啸，万里清风来"，就有点洒狗血。李白写了很多好诗，很有气势，但有时底气不足，便只好洒狗血，装疯。他写泰山的几首诗都让人有底气不足之感。杜甫的诗当然受了《鲁颂》的影响，

“齐鲁青未了”，当自“鲁邦所詹”出。张岱说“泰山元气浑厚，绝不以玲珑小巧示人”，这话是说得对的。大概写泰山，只能从宏观处着笔。郦道元写三峡可以取法。柳宗元的《永州八记》刻琢精深，以其法写泰山即不大适用。

写风景，是和个人气质有关的。徐志摩写泰山日出，用了那么多华丽鲜明的颜色，真是“浓得化不开”。但我有点怀疑，这是写泰山日出，还是写徐志摩自己？我想周作人就不会这样写。周作人大概根本不会去写日出。

我是写不了泰山的，因为泰山太大，我对泰山不能认同。我对一切伟大的东西总有点格格不入。我十年间两登泰山，可谓了不相干。泰山既不能进入我的内部，我也不能外化为泰山。山自山，我自我，不能达到物我同一，山即是我，我即是山。泰山是强者之山——我自以为这个提法很合适，我不是强者，不论是登山还是处世。我是生长在水边的人，一个平常的、平和的人。我已经过了七十岁，对于高山，只好仰止。我是个安于竹篱茅舍、小桥流水的人。以惯写小桥流水之笔而写高大雄奇之山，殆矣。人贵有自知之明，不要“小鸡吃绿豆——强努”。

同样，我对一切伟大的人物也只能以常人视之。泰山的出名，一半由于封禅。封禅史上最突出的两个人物是秦皇汉武。唐玄宗作《纪泰山铭》，文词华缛而空洞无物。宋真宗更是个沐猴而冠的小丑。对于秦始皇，我对他统一中国的丰功，不大感兴趣。他是不是“千古一帝”，与我无关。我只从人的角度来看他，对他的“蜂目豺声”印象很深。我认为汉武帝是个极不正常的人，是个妄想型精神病患者，一个变态心理的难得的标本。这两位大人物的封禅，可以说是他们的人格的夸大。看起来这两位伟大人物的封禅实际上都不怎么样。秦始皇上山，上了一半，遇到暴风雨，吓得退下来了。按照秦始皇的性格，暴风雨算什么呢？他横下心来，是可以不顾一切地上到山顶的。然而他害怕了，退下来了。于此可以看出，伟大人物也有虚弱的一面。汉武帝要封禅，召集群臣讨论封禅的制度。因无旧典可循，大家七嘴八舌瞎说一气。汉武帝恼了，自己规定了照祭东皇太乙的仪式，上山了。却谁也不让同去，只带了霍去病的儿子一个人。霍去病的儿子不久即得暴病而死。他的死因很可疑。于是汉武帝究竟在山顶上鼓捣了什么名堂，谁也不知道。封禅是大典，为什么要这样保密？看来汉武帝心里也有鬼，很怕他的那一套名堂并不灵验，为人所讥。

但是，又一次登了泰山，看了秦刻石和无字碑（无字碑是一个了不起的杰作），在乱云密雾中坐下来，冷静地想想，我的心态比较透亮了。我承认泰山很雄伟，尽管我和它整个不能水乳交融，打成一片。承认伟大的人物确实是伟大的，尽管他们所做的许多事不近人情。他们是人里头的强者，这是毫无办法的事。在山上呆了七天，我对名山大川，伟大人物的偏激情绪有所平息。

同时我也更清楚地认识到我的微小，我的平常，更进一步安于微小，安于平常。

这是我在泰山受到的一次教育。

从某个意义上说，泰山是一面镜子，照出每个人的价值。

碧霞元君

泰山牵动人的感情，是因为它关系到人的生死。人死后，魂魄都要到蒿里集中。汉代挽歌有《薤露》《蒿里》两曲。或谓本是一曲，李延年裁之为二，《薤露》送王公贵人，《蒿里》送大夫士庶。我看二曲词义，各成首尾，似本即二曲。《蒿里》词云：

蒿里谁家地？
聚敛魂魄无贤愚。
鬼伯一何相催迫，
人命不得少踟蹰。

写得不如《薤露》感人，但如同说话，亦自悲切。十年前到泰山，就想到蒿里去看看，因为路不顺，未果。蒿里山才多大的地方，天下的鬼魂都聚在那里，怎么装得下呢？也许鬼有形无质，挤一点不要紧。后来不知怎么又出来个丰都城。这就麻烦了，鬼们将无所适从，是上山东呢，还是到四川？我看，随便吧。

泰山神是管死的。这位神不知是什么来头。或说他是金虹氏，或说是《封神榜》上的黄飞虎。道教的神多随意瞎编出来的。编的时候也不查查档案，于是弄得乱七八糟。历代帝王对泰山神屡次加封，老百姓则称之为东岳大帝。全国各地几乎都有一座东岳庙，亦称泰山庙。我们县的泰山庙离我家很近，我对这位大帝是很熟悉的，一张油亮的白脸，疏眉细目，五绺胡须。我小小年纪便知道大帝是黄飞虎，并且小小年纪就觉得这很滑稽。

中国人死了，变成鬼，要经过层层转关系，手续相当麻烦。先由本宅灶君报给土地，土地给一纸“回文”，再到城隍那里“挂号”，最后转到东岳大帝那里听候发落。好人，登银桥。道教好人上天，要经过一道桥（这想象倒是颇美的），这桥就叫“升仙桥”。我是亲眼见过的，是纸扎的。道士诵经后，桥即烧去。这个死掉的人升天是不是经过东岳大帝批准了，不知道。不过死者的家属要给道士一笔劳务费，我是知道的。坏人，下地狱。地狱设各种酷刑：上刀山、下油锅、锯人、磨人……这些都塑在东岳庙的两廊，叫做“七十二司”。听说泰山蒿里祠也有“司”，但不是七十二，而是七十五，是个单数，不知是何道理。据我的印象，人死了，登桥升天的很少，大部分都在地狱里受罪。人都不愿死，尤其不愿在七十二司里受酷刑，——七十二司是很恐怖的，我小时即不敢多看，因此，大家对东岳大帝都没什么好感。香，还是要烧的，因为怕他。而泰山香火最盛处，为碧霞元君祠。

碧霞元君，或说是泰山神的侍女、女儿，或说是玉皇大帝的女儿，又说是玉皇大帝的妹妹。道教诸神的谱系很乱，差一辈不算什么。又一说是东汉人石守道之女。这个说法不可取，这把元君的血统降低了，从贵族降成了平民。封之为“天仙玉女碧霞元君”的，是宋真宗。老百姓则称之为泰山娘娘，或泰山老奶奶。碧霞元君实际上取代了东岳大帝，成为泰山的主神。“礼岱者皆祷于泰山娘娘祠庙，而弗旅岳神久矣”（福格《听雨丛谈》）。泰安百姓“终日仰对泰山，而不知有泰山，名之曰奶奶山”（王照《行脚山东记》）。

泰山神是女神，为什么？这很容易让人联想原始社会母性崇拜的远古隐秘心理的回归，想到母系社会，这不是没有道理的。我们不管活得多大，在深层心理中都封藏着不止一代人对母亲的记忆。母亲，意味着生。假如说东岳大帝是司死之神，那么，碧霞元君就是司生之神，是滋生繁衍之神。或者直截了当地说，是母亲神。人的一生，在残酷的现实生活之中，艰难辛苦，受尽委屈，特别需要得到母亲的抚慰。明万历八年，山东巡抚何起鸣登泰山，看到“四方以进香来谒元君者，辄号泣如赤子久离父母膝下者”。这里的“父”字可删。这种现象使这位巡抚大为震惊，“看出了群众这种感情背后隐藏着对冷酷现实强烈否定”（车锡伦《泰山女神的神话信仰与宗教》)。这位何巡抚是个有头脑、能看问题的人。对封建统治者来说，这种如醉如痴的半疯狂的感情，是一种可怕的力量。

碧霞元君当然被蒙上世俗宗教的惟利色彩，如各种人来许愿、求子。

车锡伦同志在他的《泰山女神的神话信仰与宗教》的最后提出一个很有意思的问题，即对碧霞元君“净化”的问题。怎样“净化”？我们不能把碧霞元君祠翻造成巴黎圣母院那样的建筑，也不能请巴赫那样的作曲家来写像《圣母颂》一样的《碧霞元君颂》。但是好像也不是一点办法都没有。比如能不能组织一个道教音乐乐队，演奏优美的道教乐曲，调集一些有文化的炼师诵唱道经，使碧霞元君在意象上升华起来，更诗意化起来？

任何名山都应该提高自己的文化层次，都有责任提高全民的文化素质。我希望主管全国旅游的当局，能思索一下这个问题。

泰山石刻

第一次看见经石峪字，是在昆明一个旧家，一副四言的集字对联，厚纸浓墨，是较早的拓本。百年老屋，光线晦暗，而字字神气俱足，不能忘。

经石峪在泰山中路的岔道上。这地方的地形很奇怪，在崇山峻岭之中，怎么会出现一片一亩大的基本平整的石坪呢？泰山石为花岗岩，多为青色，而这片石坪的颜色是姜黄的。四周都没有这样的石头，很奇怪。是一个什么人发现了这片石坪，并且想起在石坪上刻下一部《金刚经》呢？经字大径一尺半。摩崖大字，一般都是刻在直立的石崖上，这是刻在平铺的石坪上的，很少见。这样的字体，他处也极少见。

经石峪的时代，众说纷纭。说这就是从隶书过渡到楷书之间的字体，则多数人都无异议。

经石峪保存较多隶书笔意，但无蚕头雁尾，笔圆而体稍扁，可以上接《石门铭》，但不似《石门铭》的放肆，有人说这和《瘗鹤铭》都是王羲之写的，似无据。王羲之书多以偏侧取势，经石峪非也。《瘗鹤铭》结体稍长，用笔瘦劲，秀气扑人，说这近似二王书，还有几分道理（我以为应早于王羲之）。书法自晋唐以后，都贵瘦硬。杜甫诗“书贵瘦硬方通神”，是一时风气。经石峪字颇肥重，但是骨在肉中，肥而不痴，笔笔送到，而不板滞。假如用一个字评经石峪字，曰：稳。这是一个心平而志坚的学佛的人所写的字。这不是废话么，《金刚经》还能是不学佛的人写的？不，经字有佛性。

这样的字，和泰山才相称。刻在他处，无此效果。十年前，我在经石峪呆了好大一会，觉得两天的疲劳，看了经石峪，也就值了。“经石峪”是“泰山”不可分离的一部分。泰山即使没有别的东西，没有碧霞元君祠，没有南天门，只有一个经石峪，也还是值得来看看的。

我很希望有人能拓印一份经石峪字的全文（得用好多张纸拼起来），在北京陈列起来，即使专为它盖一个大房子，也不为过。

名山之中，石刻最多，也最好的，似为泰山。大观峰真是大观，那么多块摩崖大字，大都写得很好，这好像是摩崖大字大赛，哪一块都不寒碜。这块地场（这是山东话）也选得好。石岩壁立，上无遮盖，而石壁前有一片空地，看字的人可以在一个距离之外看，收其全貌，不必像壁虎似的趴在石壁上。其他各处的摩崖石碑的字也都写得不错。摩崖字多是真书，体兼颜柳，是得这样，才压得住（蔡襄平日写行草，鼓山的石刻题名却是真书。董其昌字体飘逸，但写大字却是颜体）。看大字碑刻题名，很多都是山东巡抚。大概到山东来当巡抚，先得练好大字。

有些摩崖石刻，是当代人手笔。较之前人，不逮也。有的字甚至明显地看得出是用铅笔或圆珠笔写在纸上放大的。是乌可哉。

很奇怪，泰山上竟没有一块韩复榘写的碑。这位老兄在山东，呆了那么久，为什么不想到泰山来留下一点字迹？看来他有点自知之明。韩复榘在他的任内曾大修过泰山一次，竣工后，电令泰山各处：“嗣后除奉令准刊外，无论何人不准题字、题诗。”我准备投他一票。随便刻字，实在是糟蹋了泰山。

担山人

我在泰山遇了一点险。在由天街到神憩宾馆的石级上，叫一个担山人的扁担的铁尖在右眼角划了一下，当时出了血。这位担山人从我的后边走上来，在我身边换肩。担山人说：“你注意一点。”话倒是挺和气，不过有点岂有此理，他在我后面，倒是我不注意！我看他担着重担，没有说什么（我能说什么呢？揪住他不放？这种事我还做不出来）。这个担山人年纪比较轻，担山、做人，都还少点经验。他担了四块正方形的水泥砖，一头两块。（为什么不把原材料运到山上，在山上做砖，要这样一趟一趟担？）我看了别的担山人，担什么的都有。有担啤酒的，不用筐箱，啤酒瓶直立着，缚紧了，两层。一担也就是担个五六十瓶吧。我们在山上喝啤酒，有时开了一瓶，没喝完，就扔下了。往后可不能这样，这瓶酒来之不易。泰山担山人有个特别处，担物不用绳系，直接结缚在扁担两头，这样重心就很高，有什么好处？大概因为用绳系，爬山级时易于碰腿。听泰山管理处的路宗元同志说，担山人，一般能担一百四五十斤，多的能担一百八。他们走得不快，一步一步，脚脚落在实处，很稳。呼吸调得很匀，不出粗气。冯玉祥诗《上山的挑夫》说担山人“腿酸气喘，汗如雨滴”，要是这样，那算什么担山的呢！

泰山担山人的扁担较他处为长，当中宽厚，两头稍翘，一头有铁尖（这种带有铁尖的扁担湖南也有，谓之钎担）。扁担作紫黑色，不知是什么木料，看起来很结实，又有绵性，既能承重，也不压肩。

我的那点轻伤不算什么，到了宾馆，血就止了。大夫用酒精擦了擦，晚上来看看，说“没有感染”（我还真有点怕万一感染了破伤风什么的）。又说：“你扎的那个地方可不好！如果再往下一点，扎得深一点……”

“那就麻烦了！”

扇子崖下

泰山散文笔会的作家去登扇子崖。我和斤澜没有上去，叶梦为了陪我们，上了一截又下来了。路宗元同志叫我们在下面随便走走。等登山的人下来。

这也是一个景区，竹林寺风景管理区，但竹林寺只存其名，寺已不存在。这里属泰山西路，不是登山的正路，游人很少，除了特意来登扇子崖的，几乎没有人来。这不大像风景区，倒像山里的一个村子。稍远处有农家。地里种着地瓜（即白薯）。一个树林里有近百只羊。一色是黑山羊。泰山的山羊和别处不大一样，毛色浓黑，眼圈和嘴头是棕黄色的——别处的黑山羊眼、嘴都是浅灰色。这些羊分散在石块上，或立或卧，都一动不动，只有嘴不停地磨动，在倒嚼。这些羊的样子很“古”。有一个小庙，叫无极庙。庙外有老妇人卖汽水。无极庙极小。正殿上塑着无极娘娘，两旁配殿一边塑送生娘娘，一边塑眼光娘娘，比碧霞元君祠简陋。中国人不知道为什么对眼光娘娘那样重视，很多庙里都有，是中国害眼疾的特多？无极庙小，没人来，无住持僧道，庭中有树两株，石凳一，很安静。在石凳上坐坐，舒服得很。出门时问卖汽水的老妇人："有人买汽水吗？"答曰："有！"

出无极庙，沿山路徐行。路也有点起伏，石级崎岖处得由叶梦扶我一把，但基本上是平缓的。半山有石亭，在亭外坐下，眺望近处的长寿桥、远处的黑龙潭，如王旭《西溪》诗所说"一川烟景合，三面画屏开"，很美。许安仁《游泰山竹林》诗云："客来总说游山好，不道山僧却厌山"，在游山诗中别开生面。我在泰山，虽不到"厌山"的程度，但连日上上下下，不免疲乏，能于雄、伟、奇、险之外得一幽境（王旭《游竹林寺》："竹林开幽境"）偷闲半日，也是很好的休息。

薄暮，登山诸公下来，全都累得够呛，我与斤澜皆深以不登扇子崖为得计。

临走时，卖汽水的老妇人已经走了，无极庙的门开着。

回来翻翻资料，无极庙的来历原来是这样：一九二五年张宗昌督鲁时，兖州镇守使张培荣封其夫人为“无极真人”，并在竹林寺旧址建无极庙，不禁失笑。一个镇守使竟然“封”自己的老婆为“真人”，亦是怪事。这种事大概只有张宗昌的部下才干得出来。

中溪宾馆

中溪宾馆在中天门，一径通幽，两层楼客房，安安静静。楼外有个长长的庭院，种着小灌木，豆板黄杨、小叶冬青、日本枫。庭院西端有一石造方亭，突出于山岩之外，下临虚谷，不安四壁。亭中有石桌石凳。坐在亭子里，觉山色皆来相就，用四川话说，真是“安逸”。

伙食很好，餐餐有野菜吃。十年前我到泰山，就吃过野菜，但不如这次多。泰山可吃的野菜有一百多种，主要的有三十一种。野菜不外是两种吃法，一是开水焯后凉拌，一是裹了蛋清面糊油炸。我们这次吃过的野菜有这些：

灰菜（亦名雪里青。略焯，凉拌。亦可炒食。或裹面蒸食）

野苋菜（凉拌或炒）

马齿苋（凉拌或炒）

蕨菜（即藜，焯后凉拌）

黄花菜（泰山顶上的黄花菜淡黄色，与他处金黄者不同，瓣亦较厚而嫩，甚香。凉拌或炒，亦可做汤）

藿香（即做藿香正气丸的藿香。山东人读“藿”音如“河”，初不知“河香”为何物，上桌后方知是一味中药。藿香叶裹面油炸）

薄荷（野生者。油炸，入口不凉，细嚼后有薄荷香味）

紫苏（本地叫苏叶，与南京女作家苏叶名字相同，但南京的苏叶不能裹面油炸了吃耳）

椿叶（香椿已经无嫩芽，但其叶仍可炸食）

木槿花（整朵油炸，炸出后花形不变，一朵一朵开在瓷盘里。吃起来只是酥脆，亦无特殊味道，好玩而已）

宾馆经理朱正伦把野菜移栽在食堂外面的空地上，要吃，由炊事员现采，故皆极新鲜。朱经理说港台客人对中溪宾馆的野菜宴非常感兴趣。那是，香港咋能吃到野菜呢！

宾馆的服务员都是小姑娘，对人很亲切，没有星级宾馆的服务员那样过多的职业性的礼貌。她们对“散文笔会”的十八位作家的底细大体都摸清了。一个叫米峰的姑娘戴一副眼镜，我戏称她为学者型的服务员。她拿了一本《蒲桥集》来让我签名，说是今年一月在岱安买的，说她最喜欢《昆明的雨》那几篇，说没想到我会来，看到了我，真高兴。我在扉页上签了名，并写了几句话。

山中七日，除了在山顶的神憩宾馆住过一晚上外，六天都住在中溪宾馆。早晨出发，薄暮归来。人真是怪。宾馆，宾馆耳，但踏进大门，即觉得是回家了。

我问朱正伦同志，这地方为什么叫中溪，他指指对面的山头，说山上有一条溪水，是泰山的主溪，因为在泰山之中，故名中溪。听人说，泰山山有多高，水有多高，信然。

写了两个晚上的字。为中溪宾馆写了一幅四尺横幅：溪流崇岭上，人在乱云中。

临走，宾馆人员全体出动，一直把我们送下山坡上汽车。桑下三宿，未免有情。再来泰山，我还住中溪。

泰山云雾

宿中溪宾馆第二天，我起得很早，推开客房楼门，到院里一看，大雾。雾在峰谷间缓缓移动，忽浓忽淡。远近诸山皆作浅黛，忽隐忽现。早饭后，雾渐散，群山皆如新沐。

登玉皇顶，下来，到探海石旁，不由常路，转到后山。后山小路狭窄，未经斫治，有些地方仅能容足，颇险。我四月间在云南曾崴过一次脚，因有旧伤，所以格外小心。但是后山很值得一看。山皆壁立，直上直下，岩块皆数丈，笔致粗豪，如大斧劈。忽然起了大雾，回头看玉皇顶，完全没有了，只闻鸟啼。从鸟声中得出所来的山岭松林的方位，知道就在不远处。然而极目所见，但浓雾而已。

宿神憩宾馆，晚上，和张抗抗出宾馆大门看看，只见白茫茫一片，不辨为云为雾。想到天街走走，服务员劝我们不要去，危险，只好伏在石栏上看看。云雾那样浓，似乎扔一个鸡蛋下去也不会沉底。光是白茫茫一片，看到什么时候？回去吧。抗抗说她小时候看见云流进屋里，觉得非常神奇。不想我们回去，拉开了玻璃大门，云雾抢在我们前面先进来了，一点不客气，好像谁请了它似的。

离泰山的那天夜晚，雾特大，开了车灯，能见度只有二尺。司机在泰山开了十年车，是老泰山了。他说外地司机，这天气不敢开车。我们就这样云里雾里，糊里糊涂地离开泰山了。

在车里，我想：泰山那么多的云雾，为什么不种茶？史载：中国的饮茶，始于泰山的灵岩寺，那么，泰山原来是有茶树的。泰山的水那样好（本地人云：泰山有三美，白菜、豆腐、水），以泰山水泡泰山茶，一定很棒。我想向泰山管委会作个建议：试种茶树。也许管委会早已想到了。下次再来泰山，希望能喝到泰山岩茶，或“碧霞新绿”。

一九九一年七月末，北京

初识楠溪江

楠溪江在浙江温州永嘉县。永嘉的出名是因为谢灵运。谢灵运曾为永嘉太守，于永嘉山水，游历殆遍。谢灵运是中国山水诗的鼻祖，那么永嘉可以说是山水诗的摇篮，永嘉山水之美可以想见。永嘉山水之美在楠溪江。然而世人知永嘉，知楠溪江者甚少。楠溪江一九八八年经国务院批准为国家级风景名胜区。全国列入国家级风景区者共四十二处，楠溪江是其中之一。然而楠溪江之名犹不彰，养在深闺人未识。

我们应温州市、永嘉县之邀，到永嘉去了一趟。游楠溪江，实只三天。匆匆半面，很难得其髣髴。但是我可以负责地向全世界宣告：楠溪江是很美的。

九级瀑

九级瀑在大若岩景区。大若岩旧写作“大箬岩”,“箬”不知道什么时候省写成“若”,我觉得还是恢复原字为好,何必省去不多的笔画呢。箬是矮棵的竹子,叶片甚大,可以包粽子,衬斗笠。我在井冈山看到过这种箬竹,很好看的。既名为大箬岩,可以有意识地多种一点这种竹子。

九级瀑不像黄果树和镜泊湖瀑布,以其雄壮宏伟慑人心魄;不像大龙湫一样因为飞流直下三千尺而使人目眩。九级瀑之奇在瀑有九级。我在云南腾冲看过“三跌水”,瀑水三叠,已经叹为观止。像这样九级瀑布,实为平生所未见。九级瀑不是一瀑九级,是九条瀑布。九瀑源流,当是一脉,但是一瀑一形,一瀑一景,段落分明,自成首尾。在二三公里、一二小时的游程中,能连续看到九瀑,全世界大概再也找不出来。

九级瀑景点还没有定名。导游的同志希望作家起个名字,永嘉籍作家陈惠方征求我的意见,我想了想,说:“就叫‘九叠飞漈’吧。”本地人把瀑布叫做“漈”。“漈”字一般字典上没有，但是朱自清先生的《白水漈》一文中已经用过这个字。用“漈”，有点地方特点。温州籍作家林斤澜稍一沉吟，说：“挺好。”有人提出为每个漈取个名字，我和斤澜商量了一下，觉得以漈形取名，把游客的想象框死了，不如就照本地习惯，叫做“一漈”“二漈”“三漈”……。斤澜深以为然。下山吃饭的时候，旁边的桌上已经摆好了宣纸笔墨，叫把这四个字写下来。横竖各写了一条。

作《九漈歌》：

漈水来天上，依山为九叠。
源流一脉通，风景各异域。
或如匹练垂，万古流日夕。
或分如燕尾，左右各一撇。
或轻如雾縠，随风自摇曳。
或泻入深潭，潭水湛然碧。
或落石坝上，訇然喷玉屑。
或藏岩隙中，窅如云中月。
信哉永嘉美，九漈皆奇绝。

出九级瀑，右折，为陶公洞，传是陶弘景隐居著书处。

陶弘景是中国道教史上的一个重要人物。他的思想很复杂，其源出于老庄，又受葛洪的神仙道教影响。他本是读书人，是儒家，做过官，仕齐拜左卫殿中将军，入梁，隐居不仕。他又吸取了佛教的某些观点。从他身上可以看出儒、释、道思想的互相渗透。他是药物学家，所著《本草经集注》收药物七百三十种。他是书法家，擅长草隶行书。他还是个诗人。他的《诏问山中何所有》是中国诗歌史上杰出的名篇：

山中何所有？岭上多白云。
只可自怡悦，不堪持赠君。

这四句诗毫无齐梁诗的绮靡习气，实开初唐五言绝句的先河。一个人一生留下这样四句诗，也就可以不朽了。

陶公洞是个可以引人低徊向往的地方。陶弘景是值得纪念的人物，陶公洞内部应该收拾得更像样一些。现在洞里的情形实在不大好，有点乌烟瘴气。

永恒的船梳

石梳岩在鹤盛乡下岙村北。

下汽车，沿卵石路往下，上船。水不深，很平静，很清，而颜色绿如碧玉。夹岸皆削壁，回环曲折。群峰倒影映入水中，毫发不爽。船行影上，倒影稍稍晃动。船过后，即又平静无痕。是为“小三峡”。有人以为“小三峡”这个名字不好，叫做“小三峡”的地方太多了，而且也不像三峡。提出改一个名字。中国的“小三峡”确实不少，都不怎么像。“小三峡”嘛，哪能跟三峡一样呢，有那么一点三峡的意思就行了。一定要改一个名字，可以叫做“三峡小样”。但我看可以不必费那个事。“小三峡”，挺好，大家已经叫惯了。

小三峡两边山上树木葱茏，无隙处。偶见红树，鲜红鲜红，不是枫树，也不是乌桕，问之本地人，说这是野漆树。

我们坐的船，轻轻巧巧，一头尖翘。问林斤澜：“这也是舴艋舟么？”斤澜说：“也算。”幼年读李清照词：“闻说双溪春尚好，也拟泛轻舟。只恐双溪舴艋舟，载不动许多愁。”以为“舴艋”只是个比喻。斤澜小说中也提到舴艋舟，我以为是承袭了李清照的词句。没想到这是个实体，永嘉把这种船就叫做舴艋舟。一般的舴艋舟比我们所坐的要小得多，只能容三四人（我们的船能坐二十人），样子很像蚱蜢。永嘉人所说的蚱蜢是尖头，绿色鞘翅，鞘翅下有桃红色膜翅的那一种，北京人把这种蚱蜢叫做“挂大扁儿”。我以为可以选一处舴艋舟较多的水边立一块不很大的石碑，把李清照的这首《武陵春》刻在上面（李清照曾流寓温州，可能到过永嘉）。字最好请一个女书法家来写，能填词的更好。

出小三峡，走一段卵石纵横的路（实是在卵石滩上踏出一条似有若无的路），又遇一片水，渡水至岸，有钢梯，蹑梯而上，至水仙洞。稍憩，出洞沿石级至峰顶。峰顶有野树一株，向内欹偃，极似盆景。树干不粗，而甚遒劲，树根深深扎进岩石中，真可谓“咬定青山”。迈过这棵大盆景，抚树一望，对面诸峰，争先恐后，奔奔沓沓，皆来相就。

首当其冲的山峰，状如巨兽，曰“麒麟送子”。或以为“麒麟送子”，名不雅驯，拟改之为“驼峰”，以其形状更像一头奔跑而来的骆驼，我觉得也不必，天下山峰似骆驼而名为驼峰者多矣。山名与其求其形似，不如求其神似。“麒麟送子”好处在一“送”字。

沿石级而下，复至水仙洞略坐。洞不很大，可容二三十人。洞之末端渐狭小，有一个歪歪斜斜的铁烛架，算是敬奉水仙之处了。

据传，水仙是一少女，生前为人施药治病，后仙去，乡人为纪念她，名此洞曰水仙洞。水仙洞不在水边，却在山顶。既在山顶，仍叫水仙。这是很有意思的。

我建议把水仙洞稍稍整治一下，在洞之末端凿出一个拱顶的小龛，内供水仙像。水仙像可向福建德化定制，白瓷，如“滴水观音”瓷像那样，形貌亦可略似观音，亦可持瓶滴水，但宜风鬟雾鬓，萧萧飒飒，不似观音那样庄肃。像不必大，二三尺即可。

作《水仙洞歌》：

往寻水仙洞。
却在山之巅。
想是仙人慕虚静，
幽居不欲近人寰。
朝出白云漫浩浩，
暮归星月已皎然。
不识仙人真面目，
只闻轻唱秋水篇。

在水仙洞口待渡（船工回家吃饭去了），至对岸，稍左，即石桅岩。“石”与“桅”本不相干，但据说多年来就是这样叫的，是老百姓起的名字。起名字的百姓，有点禅机。听说从某一角度看，是像船桅的，但从我们立足处，看不出，只觉得一尊巨岩，拔地而起。岩是火成花岗岩，岩面浅红色，正似中国山水画里的“浅绛”。岩净高三百零六米，巍然独立。四面诸峰不敢与之比高（诸峰皆只二百米左右），只能退避，但于远处遥望，尽其仰慕惶恐之忱。石桅岩通体皆石，岩顶石隙，亦生草木，远视之，但如毛发瘩痣而已。曾经有小伙子攀到山顶，伐倒几棵大树，没法运下岩，就心生一计，把树解为几段，用力推下。下岩一看，都已摔成碎片。

石桅岩之南，有一片很大的草坪，地极平，草很干净。在高岩乱石之间有这么一片天然草坪，也很奇怪。我们几个上了岁数的，在草坪上野餐了一次（年轻人都爬过后山到农民家去吃饭去了）。煮芋头、炖番薯、炒米粉、红烧山鸡（山里养的鸡），饮农家自制的老酒，陶然醉饱。

作《石桅铭》：

石桅停泊，
历千万载。
阅几沧桑，
青颜不改。

传家耕读古村庄

参观苍坡村。楠溪多古村，苍坡是其一。这是一个“宋村”。原名苍墩，绍熙间为避光宗赵惇之讳而改。现在的木结构的寨门建于建炎二年，有志可查。国师李时日题寨门的对联“四壁青山藏虎豹，双池碧水贮蛟龙”至今犹在。苍坡建村，是有一个总体设计的，其构思是：文房四宝。村中有长方形的水池，是砚，池边有长石条，是墨（石条想是为了便于村民憩歇）。石条外有一条横贯全村的笔直的砖街，是笔，——一个村里有这样一条笔直笔直的街，我还从未见过。可以说，这是我所见过的最直的街。整个村子是方的，是为纸。这样的设计，关涉到“风水”，无非是希望村里多出达官文人。红卫兵小将如果知道，一定会大骂一声：“封建！”但是整个村却因此而变得整齐爽朗，使人眼目明快。这个村没有遭到红卫兵的破坏，也许就因为风水好。

我见过一些古村民居，比如皖南的黔县。这里的民居设计和黔县大不相同。黔县古民居多是连院、高墙、小天井、小房间、小窗。窗槅雕刻精细，涂朱漆，勾金边，但采光很不好，卧房里黑洞洞的。所有建筑显得很拘谨，很局促。苍坡村的民居多木石结构，木构暴露，多为本色，薄墙充填，屋顶出檐大，显得很自由、很开阔、很豁达。这反映出两种不同的文化心理。黔县民居反映了商业社会文化。我在黔县一家的堂屋里看到一副木制朱地金字对联，上联是“为官好做商好能守业便好”（下联已忘），黔县民居格局，正与此种守成思想一致。苍坡民居则表现出一种耕读社会的文化。楠溪江畔一些村落宗谱族规都有类似词句：“读可荣身，耕可致富。勿游手好闲，自弃取辱。少壮荡废，老悔莫及。”永嘉文风极盛，志称“王右军导以文教，谢康乐继之，乃知向方”。因为长时期的熏陶，永嘉人的文化素质是比较高的。“人生其地者皆慧中而秀外，温文而尔雅”。这种秀外慧中、温文尔雅的风度，到今天，我们还能在楠溪江人身上感受得到。想要了解中国耕读社会文化形态，楠溪江古村，是仍然具有生命力的标本。

楠溪江村外多有路亭。路亭是村民歇脚、纳凉、闲谈、听剧曲道情的地方，形制各异，而皆幽雅舒畅。路亭是楠溪江沿岸风光很有特点的点缀。

楠溪村头常有一两棵木芙蓉。永嘉土壤气候于木芙蓉也许特别适宜。我在上塘街边看到一棵芙蓉，主干有大碗口粗，有二层楼高，满树繁花，浅白殷红，衬着巴掌大的绿叶，十分热闹。芙蓉是灌木，永嘉的芙蓉却长成了大树，真是岂有此理！听永嘉人说，永嘉过去种芙蓉，是为了取其树皮打草鞋，现在穿草鞋的少了，芙蓉也种得少了。应该多种。我向永嘉县领导建议，可考虑以芙蓉为永嘉县花。听说温州已定芙蓉为市花，不禁怃然。后到温州，闻温州市花是茶花，不是芙蓉，那么芙蓉定为永嘉县花还是有希望的。但愿我的希望能成为现实。

赞苍坡村：

村古民朴，
天然不俗，
秀外慧中，
渔樵耕读。

清清楠溪水

嘉陵江被污染了，漓江被污染了，即武夷山九曲溪也不能幸免，全国唯一的一条真正没有被污染的江，只有楠溪江了。永嘉人呀，你们千万要把楠溪保护好，为了全国人民的眼睛，拜托了！

楠溪江水质纯净，经化验，符合国家一级水标准。无论在哪里，舀起一杯楠溪水，你可以放心地喝下去，绝不会闹肚子。水是透明的。水中含沙量很少，即使是下了暴雨，江水微浑，过两三天，又复透明如初。透明到一眼可以看到江底。江底卵石，历历可数。江宽而浅。浅处只有一米。偶有深潭，也只有几米。江水平静，流速不大，但很活泼，不呆板。江水下滩，也有浪花，但不汹涌。过滩时竹筏工并不警告乘客“小心”。偶有大块卵石阻碍航路，筏工卷裤过膝，跳进水中，搬开石头，水即畅流，他即一步上筏，继续撑篙，若无其事。他很泰然，你也不必紧张，尽管踏踏实实地在竹椅上坐着。

乘坐竹筏，在楠溪江上漂上个把小时，真是绝妙的享受。我在武夷山九曲溪坐过竹筏。一来，九曲溪和武夷山互为宾主，人在竹筏上，注意力常在岸上的景点，仙人晒布、石虾蟆……左顾右盼，应接不暇，不能全心感受九曲溪。二来，九曲溪航程太短，有点像南宋瓦子里的“唱赚”，正堪美听，已到煞尾，不过瘾。楠溪江两岸都是滩林。滩林很美，但很谦虚，但将一片绿，迎送往来人，甘心作为楠溪江的陪衬，决不突出自己。似乎总在对人说：“别看我，看江！”楠溪水程很长，可一百多公里。我们在江上漂了三个小时，如果不是因天黑了，还能再漂一个多小时。真是尽兴。在楠溪竹筏上漂着，你会觉得非常轻松，无忧无虑，一切烦恼委屈、油盐柴米，全都抛得远远的。你会不大感觉到自己的体重。大胖子也会感到自己不胖。来吧，到楠溪江上来漂一漂，把你的全身、全心都交给这条温柔美丽的江。来吧，来解脱一次，溶化一次，当一回神仙。来吧！来！

作《楠溪之水清》：

楠溪之水清，欲濯我无缨。

虽则我无缨，亦不负尔清。

手持碧玉杓，分江入夜瓶。

三年开瓶看，化作青水晶。

一九九一年十一月二十日

初访福建

漳　州

漳州多三角梅。我们所住的漳州宾馆内到处都是。栽在路边大石盆里，种在花圃里。三角梅别处也有。云南谓之叶子花，因为花与叶形状无殊，只是颜色不同。昆明全种之墙头。楚雄叶子花有一层楼那样高，鲜丽夺目，但只有紫色的一种。漳州三角梅则有很多种颜色，除了紫的，有大红的、桃红的、浅红的，还有紫铜色的。紫铜色的花我还没有见过。有白色的，微带浅绿。三角梅花形不大好看，但是蓬勃旺盛，热热闹闹。这种花好像是不凋谢的。我没有看到枝头有枯败的花，地下也没有落瓣。

到处都是卖水仙花的。店铺中装在纸箱里成箱出售，标明二十粒、三十粒，谓一箱装二十头、三十头也。二十粒者是上品。胜利路、延安北路人行道上摆了一溜水仙花头，装在花篮状的竹篓里。卖水仙的多是小姑娘。天很晚了，她们提着空篓，有的篓里还有几个没有卖掉的花头，结伴归去。她们一天能卖多少钱?

一个修钟表的小店当门的桌边放了两小盆水仙。修表的是一个年轻人。两盆水仙开得很好，已经冒出好几个花骨朵。修表的桌边放两盆水仙，很合适。

参观漳州八宝印泥厂。印泥是朱砂和蓖麻油调制的（加了少量金箔、珠粉、冰片），而其底料则为艾绒。漳州出艾绒。浙江、上海等地的印泥厂每年都要到漳州来买艾绒。漳州出印泥，跟出艾绒有关。印泥厂备好纸墨，请写字留念。纸很好，六尺夹宣。写了几句顺口溜：“天外霞，石榴花，古艳流千载，清芬入万家。”漳州八宝印泥颜色很正，很像石榴花。

凡到漳州者总要去看看百花村，因为很近便。百花村所培植的主要是榕树盆景。榕树是不材之材，不能做梁柱、打家具，烧火也不燃，却是制作盆景的极好材料。榕树盆景较大，不能置之客厅书室，但是公园、宾馆、大会堂、大餐厅，则只有这样大的盆景才相称，因此行销各地，创汇颇多。榕树盆景并不是栽到盆子里就算完事，须经相材、取势、锯截、修整，方能欹侧横斜，偃仰矫矢，这也是一门学问。百花村有一个兰圃，种建兰甚多，可惜我们去时管理员不在，门锁着，未能参观。

木棉庵在漳州市外。这个地方的出名，是因为贾似道是在这里被杀的。贾似道是历史上少见的专权误国、荒唐透顶的奸相。元军沿江南下，他被迫出兵，在鲁港大败，不久被革职放逐，至漳州木棉庵为押送人郑虎臣所杀。今木棉庵外土坡上立有石碑两道，大字深刻“郑虎臣诛贾似道于此”，两碑文字一样。贾似道被放逐，是从什么地方起解的呢？为什么走了这条路线？原本是要把他押到什么地方去的呢？郑虎臣为什么选了这么个地方诛了贾似道？郑虎臣的下落如何？他事后向上边复命了没有？按说一个押送人是没有权力把一个犯罪的大臣私自杀了的，尽管郑虎臣说他是“为天下诛贾似道”。想来南宋末年乱得一塌糊涂，没有人追究这件事，也就不了了之了。贾似道下场如此，在“太师”级的大员里是少见的。土坡后有一小庵，当是后建的，但还叫做木棉庵。庵中香火冷落，壁上有当代人题歪诗一首。

云　霄

云霄是果乡。到下畈山上看了看，遍山是果树：芦柑、荔枝、枇杷。枇杷树很大，树冠开张如伞盖，著花极繁。我没有见过枇杷树开这样多的花。明年结果，会是怎样一个奇观？一个承包山头的果农新摘了一篮芦柑，看见县委书记，交谈了几句，把一篮芦柑全倒在我们的汽车里了。在车上剥开新摘芦柑，吃了一路。芦柑瓣大，味甜，无渣。

云霄出蜜柚，因为产量少，不外销，外地人知道的不多。蜜柚甜而多汁，如其名。

在云霄吃海鲜，难忘。除了闽南到处都有的“蚝煎”——海蛎子裹鸡蛋油煎之外，有西施舌、泥蚶。西施舌细嫩无比。我吃海鲜，总觉得味道过于浓重，西施舌则味极鲜而汤极清，极爽口。泥蚶亦名血蚶，肉玉红色，极嫩。张岱谓不施油盐而五味俱足者唯蟹与蚶，他所吃的不知是不是泥蚶。我吃泥蚶，正是不加任何佐料，剥开壳就进嘴的。我吃菜不多，每样只是夹几块尝尝味道，吃泥蚶则胃口大开，一大盘泥蚶叫我一个人吃了一小半，面前蚶壳堆成一座小丘，意犹未尽。吃泥蚶，饮热黄酒，人生难得。举杯敬谢主人，曰："这才叫海味！"

云霄出矿泉水，矿泉水，深井水耳。有一位南京大学的水文专家，看了看将军山的地形，说：这样的地形，下面肯定有矿泉水。凿井深至一千四百米，水出。矿泉水是高级饮料，现已在中国流行，时髦青年皆以饮矿泉水为"有分"。

东　山

听说东山的海滩是全国最大的海滩。果然很大。砂是硅砂，晶莹洁白。冬天，海滩上没有人。接待游客的旅馆、卖旅游纪念品的铺子、冷饮小店、更衣的棚屋，都锁着门。冬天的海滩显得很荒凉。问我有什么印象，只能说：我到过全国最大的海滩了。我对海没有记忆，因此也不易有感情。

东山城上有风动石。一块很大的浑圆的石头，上负一块很大的石头蛋。有大风，上面的石头能动。有个小伙子奔上去，仰卧，双脚蹬石头蛋，果然能动。这两块石头摞在一起，不知有多少年了。这是大自然的游戏。

厦 门

庙总要有些古。南普陀几乎是一座全新的庙。到处都是金碧辉煌。屋檐石柱、彩画油漆、香炉烛台、幡幢供果，都像是新的。佛像大概是新装了金，锃亮锃亮。

大雄宝殿里，百余僧众在做功课。他们的黄色袈裟也都很新，折线分明。一个年轻的和尚敲木鱼以齐节奏。大鱼槌颇大。他敲得很有技巧，利用木鱼槌反弹的力量连续地敲着。这样连续地敲很久，腕臂得有点功夫。节奏是快板——有板无眼：卜、卜、卜、卜……这个年轻和尚相貌清秀，样子极聪明。我觉得他会升成和尚里的干部的。

到后山逛了一圈，回到大殿外面，诵佛的节奏变成了原板——一板一眼：卜——卜——卜……

往鼓浪屿访舒婷。舒婷家在一山坡上，是一座石筑的楼房。看起来很舒服，但并不宽敞。她上有公婆，下有幼子，她需要料理家务，有客人来，还要下厨做饭。她住的地方，鼓浪屿，名声在外，一定时常有些省内外作家，不速而来，像我们几个，来吃她一顿菜包春卷。她的书房不大，满壁图书，她和爱人写字的桌子却只是两张并排放着的小三屉桌，于是经常发生彼此的稿纸越界的纠纷。我看这两张小三屉桌，不禁想起弗金尼·沃尔芙①的《一间自己的屋子》。舒婷在这样的条件下还能写得出朦胧诗吗？听说她的诗要变，会变成什么样子？

有人为铁凝、王安忆失去早期作品的优美而惋惜。无可奈何花落去，谁也没有办法。

---

① 即弗吉尼亚·伍尔夫，1882—1941，英国女作家，意识流文学代表人物。——编者注

福　州

鼓山顶有大石如鼓，故名。或云有大风雨则发出鼓声，恐是附会。山在福州市东，汽车可以一直开到涌泉寺山门，往返甚便，故游人多。福州附近山都不大，鼓山算是大山了。山不雄而甚秀，树虽古而仍荣，滋滋润润，郁郁葱葱。福州之山，与他处不同。

涌泉寺始建于唐代，是座古刹了，但现在殿宇精整，想是经过几次重建了。涌泉寺不像南普陀那样华丽，但是规模很大，有气派。大殿很高，只供三世佛。十八罗汉则分坐在殿外两边的廊子上，一边九位。这种布局我在别处庙里还没有见过。

寺里和尚很多，大都很年轻，十八九岁。这里的和尚穿了一种特别的僧鞋，黑灯芯绒鞋面，有鼻，厚胶皮底，看来很结实，也很舒服。一个小和尚发现我在看他的鞋，说："这种鞋很贵，比社会上的鞋要贵得多。"他用的这个词很有意思，"社会上的"。这大概是寺庙中特有的用词。这个小和尚会说普通话。

涌泉寺有几口大锅，据说能供一千人吃饭，凡到寺的香客游人都要去看一看。锅大而深，为铜铁合铸，表面漆黑光滑，如涂了油。这样大的锅如何能把饭煮熟?

寺东山上多摩崖石刻。有蔡襄大字题名两处。一处题蔡襄；一处与苏才翁辈同来，则书“蔡君谟”。题名称字，或是一时风气。蔡襄登鼓山，大概有两次，一次与苏才翁等同来，一次是自来。蔡襄至和三年以枢密直学士知福州，登鼓山或当在此时。然襄是仙游人，到福州甚近便，是否至和间登鼓山，也不能肯定。我很喜欢蔡襄的字。有人以为“宋四家”（苏黄米蔡），实应以蔡为首。这两处题名，字大如斗，端重沉着，与三希堂所刻诸帖的行书不相似。盖摩崖题名别是一体。

西禅寺是新盖的，还没有最后完工，正在进行扫尾工程，石匠在敲錾石板石柱，但已经提前使用，和尚开始工作了。一家在追荐亡灵。八个和尚敲着木鱼铙钹，念着经，走着，走得很快。到一个偏殿里，分两边站下，继续敲打唱念，节奏仍然很快，好像要草草了事的样子。两个妇女在殿外，从一个相框里取出一张八寸放大照片，照片上是个中年男人，放进铁炉的火里焚化了。这两个妇女当然是死者的亲属，但看不出是什么关系。她们既没有跪拜，也没有悲泣，脸上是严肃的，但也有些平淡。焚化照片，祈求亡灵升天，此风为别处所未见，大概是华侨兴出来的。但兴起得不会太早，总在有了照相术以后。

后殿有一家在还愿。当初许的愿我也没听说过：三天三夜香烛不断。一个大红的绸制横标上缀着这样的金字。也没有人念经，只是香烟袅绕，烛光烨烨。

寺北正在建造一座宝塔，十三层，快要完工了，已经在封顶。这是座钢筋水泥结构的塔。看看这座用现代材料建成的灰白色的塔（塔尚未装饰，装饰后会是彩色的），不知人间何世。

寺、塔，都是华侨捐资所建。

福建人食不厌精，福州尤甚。鱼丸、肉丸、牛肉丸皆如小桂圆大，不是用刀斩剁，而是用棒捶之如泥制成的。入口不觉有纤维，极细，而有弹性。鱼饺的皮是用鱼肉捶成的。用纯精瘦肉加芡粉以木槌捶至如纸薄，以包馄饨（福州叫做“扁肉”）

谓之燕皮。街巷的小铺小摊卖各种小吃。我们去一家吃了一“套”风味小吃，十道，每道一小碗带汤的，一小碟各样蒸的炸的点心，计二十样矣。吃了一个荸荠大的小包子，我忽然想起东北人。应该请东北人吃一顿这样的小吃。东北人太应该了解一下这种难以想象的饮食文化了。当然，我也建议福州人去吃李连贵大饼。

武夷山

武夷山的好处是景点集中。范围不算大，处处有景，在任何地方，从任何角度，都有可看的，不似有些风景区，走半天，才有一处可看，其余各处皆平平。山水对人都很亲切，很和善，迎面走来，似欲与人相就，欲把臂，欲款语，不高傲，不冷漠，不严峻。武夷属低山，游程“有惊无险”。自山麓至天游峰皆石级，走起来不累。我已经近七十，上天游峰不感到心脏有负担。

玉女峰亭亭而立，大王峰虎虎而蹲。晒布岩直挂而下，石色微红，寸草不生，壮观而耐看，天游是绝顶，一览众山，使人有出尘之想。

武夷的好处是有山有水。九曲溪是天造奇境。溪随山宛曲，水极清，溪底皆黑色大卵石。现在是枯水期，水浅，竹筏与卵石相摩，格格有声。坐在筏上，左顾右盼，应接不暇。

船棺不知是何代物。那时候的人是用什么办法把棺材弄到这样无路可通的悬崖绝壁的山洞里的？为什么要把死人葬在这样高的地方？这是无法解释的谜。

水帘洞不是像《西游记》所写的那样洞口有瀑布悬挂如帘，而是从峭壁上挂下一条很长的草绳，山上水沿草绳流注，被风吹散，如烟如雾，飘飘忽忽，如一片透明的薄帘。水帘洞下有田地人家，种植炊煮，皆赖山水。泉下有茶馆，有人在饮茶。

天车是一列巨大的木制绞车，因为嵌置在峭壁极高处的山缝间，如在天上，当地人谓之“天车”。据传，太平天国时有财主数姓，避乱入岩洞中，设此天车，把财物和食物绞上去，在洞中藏匿甚久，太平天国军仰攻之，竟不得上。峭壁有碑记其事。这块碑的措词很尴尬，当然要说太平天国是革命的，地主是反动的，但是游人仰看天车，则只有为天车感到惊奇，碑文想发一点感慨，可不知说什么好。

武夷山是道教山，入山处原有武夷宫，已毁，现在正在重建，结构存其旧制，而规模较小。看了檐口的大斗拱，知道这是宋式建筑。宫前有两棵桂花树，云是当年所植，数百年物也。宫外有荣观，亦宋式。

我们所住的银河饭店门前是崇安溪；屋后亦有小溪，溪水小有落差，入夜水声淙淙不绝。现在是旅游淡季，整个旅馆只住了我们五个人。经理为我们的饭菜颇费张罗，有炒新鲜冬笋，有武夷山的山珍石鳞，即石鸡，山间所产的大蛙也，有狗肉，有蛇汤。临行，经理嘱写字留念，写了一副对联：

四围山色临窗秀，一夜溪声入梦清。

香港的高楼和北京的大树

香港多高楼，无大树。

中环一带，高楼林立，车如流水。楼多在五六十层以上。因为都很高，所以也显不出哪一座特别突出。建筑材料钢筋水泥已经少见了。飞机钢、合金铝、透亮的玻璃，纯黑的大理石。香港马路窄，无林荫树。寸土如金，无隙地可种树也。

这个城市，五光十色，只是缺少必要的、足够的绿。

半山有树。

山顶有树。

只是似乎没有人注意这些树，欣赏这些树。树被人忽略了。

海洋公园有树，都修剪得很整洁。这里有从世界各地移植来的植物。扶桑花皆如碗大，有深红、浅红、白色的，内地少见。但是游人极少在这些过于鲜明的花木之间流连。到这里来的目的是乘坐“疯狂飞天车”“浪船”“八脚鱼”之类的富于刺激性的、使人晕眩的游乐玩意。

我对这些玩意全都不敢领教，只是吮吸着可口可乐，看看年轻人乘坐这些玩意的兴奋紧张的神情，听他们在危险的瞬间发出的惊呼。我老了。

我坐在酒店的房间里（我在香港极少逛街，张辛欣说我从北京到香港就是换了一个地方坐着），想起北京的大树，中山公园、劳动人民文化宫、天坛的柏树，北海的白皮松。

渡海到大屿岛梅窝参加大陆和香港作家的交流营，住了两天。这是香港人度假的地方，很安静。海、沙滩、礁石。错错落落，不很高的建筑。上山的小道。我现在明白了，为什么居住在高度现代化的城市的人需要度假。他们需要暂时离开紧张的生活节奏，需要安静，需要清闲。

古华看看大屿山，两次提出疑问：“为什么山上没有大树？”他说：“如果有十棵大松树，不要多，有十棵，就大不一样了！”山上是有树的。台湾相思树，枝叶都很美。只是大树确实是没有。

没有古华家乡的大松树。

也没有北京的大柏树、白皮松。

“所谓故国者，非有乔木之谓也。”然而没有乔木，是不成其为故国的。《金瓶梅》潘金莲有言：“南京的沈万三，北京的大树，人的名儿，树的影儿。”至少在明朝的时候，北京的大树就有了名了。北京有大树，北京才成其为北京。

回北京，下了飞机，坐在“的士”里，与同车作家谈起香港的速度。司机在前面搭话："北京将来也会有那样的速度的！"他的话不错。北京也是要高度现代化的，会有高速度的。现代化、高速度以后北京会是什么样子呢？想起那些大树，我就觉得安心了。现代化之后的北京，还会是北京。

香港的鸟

早晨九点钟，在跑马地一带闲走。香港人起得晚，商店要到十一点才开门，这时街上人少，车也少，比较清静。看见一个人，大概五十来岁，手里托着一只鸟笼。这只鸟笼的底盘只有一本大三十二开的书那样大，两层，做得很精致。这种双层的鸟笼，我还是头一次见到。楼上楼下，各有一只绣眼。香港的绣眼似乎比内地的也更为小巧。他走得比较慢，近乎是在散步。——香港人走路都很快，总是匆匆忙忙，好像都在赶着去办一件什么事。在香港，看见这样一个遛鸟的闲人，我觉得很新鲜。至少他这会儿还是清闲的，——也许过一个小时他就要忙碌起来了。他这也算是遛鸟了，虽然在林立的高楼之间，在狭窄的人行道上遛鸟，不免有点滑稽。而且这时候遛鸟，也太晚了一点。——北京的遛鸟的这时候早遛完了，回家了。莫非香港的鸟也醒得晚?

在香港的街上遛鸟，大概只能用这样精致的双层小鸟笼。像徐州人那样可不行。——我忽然想起徐州人遛鸟。徐州人养百灵，笼极高大，高三四尺（笼里的“台”也比北京的高得多），无法手提，只能用一根打磨得极光滑的枣木杆子作扁担，把鸟笼担着。或两笼，或三笼、四笼。这样的遛鸟，只能在旧黄河岸，慢慢地走。如果在香港，担着这样高大的鸟笼，用这样的慢步遛鸟，是绝对不行的。

我告诉张辛欣，我看见一个香港遛鸟的人，她说：“你就注意这样的事情！”我也不禁自笑。

在隔海的大屿山，晨起，听见斑鸠叫。艾芜同志正在散步，驻足而听，说：“斑鸠。”意态悠远，似乎有所感触，又似乎没有。

宿大屿山，夜间听见蟋蟀叫。

临离香港，被一个记者拉住，问我对于香港的观感。匆促之间，不暇细谈，我只说："眼花缭乱，应接不暇。"并说我在香港听到了斑鸠和蟋蟀，觉得很亲切。她问我斑鸠是什么，我只好摹仿斑鸠的叫声，她连连点头。也许她听不懂我的普通话，也许她真的对斑鸠不大熟悉。

香港鸟很少，天空几乎见不到一只飞着的鸟，鸦鸣鹊噪都听不见。但是酒席上几乎都有焗禾花雀和焗乳鸽。香港有那么多餐馆，每天要消耗多少禾花雀和乳鸽呀？这些禾花雀和乳鸽是哪里来的呢？对于某些香港人来说，鸟是可吃的，不是看的、听的。

城市发达了，鸟就会减少。北京太庙的灰鹤和宣武门城楼的雨燕现在都没有了。但是我希望有关领导在从事城市建设时，能注意多留住一些鸟。

四方食事

口 味

“口之于味，有同嗜焉”。好吃的东西大家都爱吃。宴会上有烹大虾（得是极新鲜的），大都剩不下。但是也不尽然。羊肉是很好吃的。“羊大为美”。中国人吃羊肉的历史大概和这个民族的历史同样久远。中国羊肉的吃法很多，不能列举。我以为最好吃的是手把羊肉。维吾尔、哈萨克都有手把羊肉，但似以内蒙为最好。内蒙很多盟旗都说他们那里的羊肉不膻，因为羊吃了草原上的野葱，生前已经自己把膻味解了。我以为不膻固好，膻亦无妨。我曾在达茂旗吃过“羊贝子”，即白煮全羊。整只羊放在锅里只煮四十五分钟（为了照顾远来的汉人客人，多煮了十五分钟，他们自己吃，只煮半小时)，各人用刀割取自己中意的部位，蘸一点佐料(原来只备一碗盐水，近年有了较多的佐料)吃。羊肉带生，一刀切下去，会汪出一点血，但是鲜嫩无比。内蒙人说，羊肉越煮越老，半熟的，才易消化，也能多吃。我几次到内蒙，吃羊肉吃得非常过瘾。同行有一位女同志，不但不吃，连闻都不能闻。一走进食堂，闻到羊肉气味就想吐。她只好每顿用开水泡饭，吃咸菜，真是苦煞。全国不吃羊肉的人，不在少数。

“鱼羊为鲜”，有一位老同志是获鹿县人，是回民，他倒是吃羊肉的，但是一生不解何所谓鲜。他的爱人是南京人，动辄说：“这个菜很鲜”。他说：“什么叫‘鲜’？我只知道什么东西吃着‘香’。”要解释什么是“鲜”，是困难的。我的家乡以为最能代表鲜味的是虾子。虾子冬笋、虾子豆腐羹，都很鲜。虾子放得太多，就会“鲜得连眉毛都掉了”的。我有个小孙女，很爱吃我配料煮的龙须挂面。有一次我放了虾子，她尝了一口，说：“有股什么味！”不吃。

中国不少省份的人都爱吃辣椒。云、贵、川、黔、湘、赣。

延边朝鲜族也极能吃辣。人说吃辣椒爱上火。井冈山人说："辣子冇补（没有营养），两头受苦。"我认识一个演员，他一天不吃辣椒，就会便秘！我认识一个干部，他每天在机关吃午饭，什么菜也不吃，只带了一小饭盒油炸辣椒来，吃辣椒下饭。顿顿如此。此人真是个吃辣椒专家，全国各地的辣椒，都设法弄了来吃。据他的品评，认为土家族的最好。有一次他带了一饭盒来，让我尝尝，真是又辣又香。然而有人是不吃辣的。我曾随剧团到重庆体验生活。四川无菜不辣，有人实在受不了。有一个演员带了几个年轻的女演员去吃汤圆，一个唱老旦的演员进门就嚷嚷："不要辣椒！"卖汤圆的白了她一眼："汤圆没有放辣椒的！"

北方人爱吃生葱生蒜。山东人爱吃葱，吃煎饼、锅盔，没有葱是不行的。有一个笑话：婆媳吵嘴，儿媳妇跳了井。儿子回来，婆婆说："可了不得啦，你媳妇跳井啦！"儿子说："不咋！"拿了一根葱在井口逛了一下，媳妇就上来了。山东大葱的确很好吃，葱白长至半尺，是甜的。江浙人不吃生葱蒜，做鱼肉时放葱，谓之"香葱"，实即北方的小葱，几根小葱，挽成一个疙瘩，叫做"葱结"。他们把大葱叫做"胡葱"，即做菜时也不大用。有一个著名女演员，不吃葱，她和大家一同去体验生活，菜都得给她单做。“文化大革命”斗她的时候，这成了一条罪状。北方人吃炸酱面，必须有几瓣蒜。在长影拍片时，有一天我起晚了，早饭已经开过，我到厨房里和几位炊事员一块吃。那天吃的是炸油饼，他们吃油饼就蒜。我说，“吃油饼哪有就蒜的！”一个河南籍的炊事员说：“你试试！”果然，“另一个味儿”。我前几年回家乡，接连吃了几天鸡鸭鱼虾，吃腻了，我跟家里人说：“给我下一碗阳春面，弄一碟葱，两头蒜来。”家里人看我生吃葱蒜，大为惊骇。

有些东西，本来不吃，吃吃也就习惯了。我曾经夸口，说我什么都吃，为此挨了两次捉弄。一次在家乡。我原来不吃芫荽（香菜），以为有臭虫味。一次，我家所开的中药铺请我去吃面，——那天是药王生日，铺中管事弄了一大碗凉拌芫荽，说：“你不是什么都吃吗？”我一咬牙吃了。从此，我就吃芫荽了。比来北地，每吃涮羊肉，调料里总要撒上大量芫荽。一次在昆明。苦瓜，我原来也是不吃的，——没有吃过。我们家乡有苦瓜，叫做癞葡萄，是放在瓷盘里看着玩，不吃的。一次在昆明，有一位诗人请我下小馆子，他要了三个菜：凉拌苦瓜、炒苦瓜、苦瓜汤。他说："你不是什么都吃吗？"从此，我就吃苦瓜了。北京人原来是不吃苦瓜的，近年也学会吃了。不过他们用凉水连"拔"三次，基本上不苦了，那还有什么意思！

有些东西，自己尽可不吃，但不要反对旁人吃。不要以为自己不吃的东西，谁吃，就是岂有此理。比如广东人吃蛇，吃龙虱；傣族人爱吃苦肠，即牛肠里没有完全消化的粪汁，蘸肉吃。这在广东人、傣族人，是没有什么奇怪的。他们爱吃，你管得着吗？不过有些东西，我也以为不吃为宜，比如炒肉芽——腐肉所生之蛆。

总之，一个人的口味要宽一点、杂一点，"南甜北咸东辣西酸"，都去尝尝。对食物如此，对文化也应该这样。

切　脍

《论语·乡党》："食不厌精，脍不厌细"，中国的切脍不知始于何时。孔子以"食""脍"对举，可见当时是相当普遍的。

北魏贾思勰《齐民要术》提到切脍。唐人特重切脍，杜甫诗屡见。宋代切脍之风亦盛。《东京梦华录·三月一日开金明池琼林苑》："多垂钓之士，必于池苑所买牌子，方许捕鱼。游人得鱼，倍其价买之。临水斫脍，以荐芳樽，乃一时佳味也。"元代，关汉卿曾写过"望江亭中秋切脍"。明代切脍，也还是有的，但《金瓶梅》中未提及，很奇怪。《红楼梦》也没有提到。到了近代，很多人对切脍是怎么回事，都茫然了。

脍是什么？杜诗邵注："鲙，即今之鱼生、肉生。"更多指鱼生，脍的繁体字是"鲙"，可知。

杜甫《阌乡姜七少府设鲙戏赠长歌》对切脍有较详细的描写。脍要切得极细，"脍不厌细"，杜诗亦云："无声细下飞碎雪。"脍是切片还是切丝呢？段成式《酉阳杂俎·物革》云："进士段硕常识南孝廉者，善斫脍，縠薄丝缕，轻可吹起。"看起来是片和丝都有的。切脍的鱼不能洗。杜诗云："落砧何曾白纸湿"，邵注："凡作鲙，以灰去血水，用纸以隔之"，大概是隔着一层纸用灰吸去鱼的血水。《齐民要术》："切鲙不得洗，洗则鲙湿。"加什么佐料？一般是加葱的，杜诗："有骨已剁觜春葱"。

《内则》:“鲙,春用葱,夏用芥”。葱是葱花,不会是葱段。至于下不下盐或酱油,乃至酒、酢,则无从臆测,想来总得有点咸味,不会是淡吃。

切脍今无实物可验。杭州楼外楼解放前有名菜醋鱼带把。所谓“带把”,即将活草鱼的脊背上的肉剔下,切成极薄的片,浇好酱油,生吃。我以为这很近乎切脍。我在一九四七年春天曾吃过,极鲜美。这道菜听说现在已经没有了,不知是因为有碍卫生,还是厨师无此手艺了。

日本鱼生我未吃过。北京西四牌楼的朝鲜冷面馆卖过鱼生、肉生。鱼生乃切成一寸见方、厚约二分的鱼片,蘸极辣的佐料吃。这与“縠薄丝缕”的切脍似不是一回事。

与切脍有关联的,是“生吃螃蟹活吃虾”。生螃蟹我未吃过,想来一定非常好吃。活虾我可吃得多了。前几年回乡,家乡人知道我爱吃“呛虾”,于是餐餐有呛虾。我们家乡的呛虾是用酒把白虾(青虾不宜生吃)“醉”死了的。解放前杭州楼外楼呛虾,是酒醉而不待其死,活虾盛于大盘中,上覆大碗,上桌揭碗,虾蹦得满桌，客人捉而食之。用广东话说，这才真是“生猛”。听说楼外楼现在也不卖呛虾了，惜哉！

下生蟹活虾一等的，是将虾蟹之属稍加腌制。宁波的梭子蟹是用盐腌过的，醉蟹、醉泥螺、醉蚶子、醉蛏鼻，都是用高粱酒“醉”过的。但这些都还是生的。因此，都很好吃。

我以为醉蟹是天下第一美味。家乡人贻我醉蟹一小坛。有天津客人来，特地为他剁了几只。他吃了一小块，问：“是生的？”就不敢再吃。

“生的”，为什么就不敢吃呢？法国人、俄罗斯人，吃牡蛎，都是生吃。我在纽约南海岸吃过鲜蚌，那绝对是生的，刚打上来的，而且什么佐料都不搁，经我要求，服务员才给了一点胡椒粉。好吃吗？好吃极了！

为什么“切脍”、生鱼活虾好吃？曰：存其本味。

我以为“切脍”之风，可以恢复。如果觉得这不卫生，可以仿照纽约南海岸的办法：用“远红外”或什么东西处理一下，这样既不失本味，又无致病之虞。如果这样还觉得“硌应”，吞不下，吞下要反出来，那完全是观念上的问题。当然，我也不主张普遍推广，可以满足少数老饕的欲望，“内部发行”。

河　豚

阅报，江阴有人食河豚中毒，经解救，幸得不死。杨花扑面，节近清明，这使我想起，正是吃河豚的时候了。苏东坡诗：

竹外桃花三两枝，
春江水暖鸭先知。
蒌蒿满地芦芽短，
正是河豚欲上时。

梅圣俞诗：

河豚当是时，

贵不数鱼虾。

宋朝人是很爱吃河豚的，没有真河豚，就用了不知什么东西做出河豚的样子和味道，谓之“假河豚”，聊以过瘾。《东京梦华录》等书都有记载。

江阴当长江入海处不远，产河豚最多，也最好。每年春天，鱼市上有很多河豚卖。河豚的脾气很大，用小木棍捅捅它，它就把肚子鼓起来，再捅，再鼓，终至成了一个圆球。江阴河豚品种极多。我所就读的南菁中学的生物实验室里搜集了各种河豚，浸在装了福尔马林的玻璃器内。有的很大，有的小如金钱龟。颜色也各异，有带青绿色的，有白的，还有紫红的。这样齐全的河豚标本，大概只有江阴的中学才能搜集得到。

河豚有剧毒。我在读高中一年级时，江阴乡下出了一件命案，“谋杀亲夫”。“奸夫”“淫妇”在游街示众后，同时枪决。毒死亲夫的东西，即是一条煮熟的河豚。因为是“花案”，那天街的两旁有很多人鹄立伫观。但是实在没有什么好看，奸夫淫妇都蠢而且丑，奸夫还是个黑脸的麻子。这样的命案，也只能出在江阴。

但是河豚很好吃，江南谚云："拼死吃河豚"，豁出命去，也要吃，可见其味美。据说整治得法，是不会中毒的。我的几个同学都曾约定请我上家里吃一次河豚，说是"保证不会出问题"。江阴正街上有一饭馆，是卖河豚的。这家饭馆有一块祖传的木板，刷印保单，内容是如果在他家铺里吃河豚中毒致死，主人可以偿命。

河豚之毒在肝脏、生殖腺和血，这些可以小心地去掉。这种办法有例可援，即"洁本《金瓶梅》"是。

我在江阴读书两年，竟未吃过河豚，至今引为憾事。

野　菜

春天了，是挖野菜的时候了。踏青挑菜，是很好的风俗。人在屋里闷了一冬天，尤其是妇女，到野地里活动活动，呼吸一点新鲜空气，看看新鲜的绿色，身心一快。

南方的野菜，有枸杞、荠菜、马兰头……北方野菜则主要的是苣荬菜。枸杞、荠菜、马兰头用开水焯过，加酱油、醋、香油凉拌。苣荬菜则是洗净，去根，蘸甜面酱生吃。或曰吃野菜可以“清火”，有一定道理。野菜多半带一点苦味，凡苦味菜，皆可清火。但是更重要的是吃个新鲜。有诗人说：“这是吃春天”，这话说得有点做作，但也还说得过去。

敦煌变文、《云谣集杂曲子》、打枣杆、挂枝儿、吴歌，乃至《白雪遗音》等等，是野菜。因为它新鲜。

一九八九年四月十八日

宋朝人的吃喝

唐宋人似乎不怎么讲究大吃大喝。杜甫的《丽人行》里列叙了一些珍馐，但多系夸张想象之辞。五代顾闳中所绘《韩熙载夜宴图》主人客人面前案上所列的食物不过八品，四个高足的浅碗，四个小碟子。有一碗是白色的圆球形的东西，有点像外面滚了米粒的蓑衣丸子。有一碗颜色是鲜红的，很惹眼，用放大镜细看，不过是几个带蒂的柿子！其余的看不清是什么。苏东坡是个有名的馋人，但他爱吃的好像只是猪肉。他称赞“黄州好猪肉”，但还是“富者不解吃，贫者不解煮”。他爱吃猪头，也不过是煮得稀烂，最后浇一勺杏酪。——杏酪想必是酸里咕叽的，可以解腻。有人“忽出新意”以山羊肉为玉糁羹，他觉得好吃得不得了。这是一种什么东西？大概只是山羊肉加碎米煮成的糊糊罢了。当然，想象起来也不难吃。

宋朝人的吃喝好像比较简单而清淡。连有皇帝参加的御宴也并不丰盛。御宴有定制，每一盏酒都要有歌舞杂技，似乎这是主要的，吃喝在其次。幽兰居士《东京梦华录》载《宰执亲王宗室百官入内上寿》，使臣诸卿只是“每分列环饼、油饼、枣塔为看盘，次列果子。惟大辽加之猪羊鸡鹅兔连骨熟肉为看盘，皆以小绳束之。又生葱韭蒜醋各一碟。三五人共列浆水一桶，立杓数枚”。“看盘”只是摆样子的，不能吃的。“凡御宴至第三盏，方有下酒肉、咸豉、爆肉、双下驼峰角子。”第四盏下酒是榼炙子骨头、索粉、白肉胡饼；第五盏是群仙炙、天花饼、太平毕罗、干饭、缕肉羹、莲花肉饼；第六盏假鼋鱼、蜜浮酥捺花；第七盏排炊羊、胡饼、炙金肠；第八盏假沙鱼、独下馒头、肚羹；第九盏水饭、簇饤下饭。如此而已。

宋朝市面上的吃食似乎很便宜。《东京梦华录》云：“吾辈入店，则用一等琉璃浅棱碗，谓之‘碧碗’，亦谓之‘造羹’，菜蔬精细，谓之‘造齑’，每碗十文。”《会仙酒楼》条载：“止两人对坐饮酒……即银近百两矣。”初看吓人一跳。细看，这是指餐具的价值——宋人餐具多用银。

几乎所有记两宋风俗的书无不记“市食”。钱塘吴自牧《梦粱录·分茶酒店》最为详备。宋朝的肴馔好像多是“快餐”，是现成的。中国古代人流行吃羹。“三日入厨下，洗手作羹汤”，不说是洗手炒肉丝。《水浒传》林冲的徒弟说自己“安排得好菜蔬，端整得好汁水”，“汁水”也就是羹。《东京梦华录》云“旧只用匙今皆用箸矣”，可见本都是可喝的汤水。其次是各种爊菜，爊鸡、爊鸭、爊鹅。再次是半干的肉脯和全干的肉羓。几本书里都提到“影戏羓”，我觉得这就是四川的灯影牛肉一类的东西。炒菜也有，如炒蟹，但极少。

宋朝人饮酒和后来有些不同的，是总要有些鲜果干果，如柑、梨、蔗、柿、炒栗子、新银杏，以及莴苣、“姜油多”之类的菜蔬和玛瑙饧、泽州饧之类的糖稀。《水浒传》所谓“铺下果子按酒”，即指此类东西。

宋朝的面食品类甚多。我们现在叫做主食，宋人却叫“从食”。面食主要是饼。《水浒》动辄说“回些面来打饼”。饼有门油、菊花、宽焦、侧厚、油砣、髓饼、新样满麻……《东京梦华录》载武成王庙前海州张家、皇建院前郑家最盛，每家有五十余炉。五十几个炉子一起烙饼，真是好家伙！

遍检《东京梦华录》《都城纪胜》《西湖老人繁胜录》《梦粱录》《武林旧事》，都没有发现宋朝人吃海参、鱼翅、燕窝的记载。吃这种滋补性的高蛋白的海味，大概从明朝才开始。这大概和明朝人的纵欲有关系，记得鲁迅好像曾经说过。

宋朝人好像实行的是“分食制”。《东京梦华录》云“用一等琉璃浅棱碗……每碗十文”，可证。《韩熙载夜宴图》上画的也是各人一份，不像后来大家合坐一桌，大盘大碗，筷子勺子一起来。这一点是颇合卫生的，因不易传染肝炎。

一九八七年一月十八日

五味

酸

山西人真能吃醋！几个山西人在北京下饭馆，坐定之后，还没有点菜，先把醋瓶子拿过来，每人喝了三调羹醋。邻座的客人直瞪眼。有一年我到太原去，快过春节了。别处过春节，都供应一点好酒，太原的油盐店却都贴出一个条子："供应老陈醋，每户一斤。"这在山西人是大事。

山西人还爱吃酸菜，雁北[①]尤甚。什么都拿来酸，除了

---

① 雁北地区的行政区划已于1993年7月10日撤销。原所辖十三县，今七县属山西省大同市，六县归朔州市。——编者注

萝卜白菜，还包括杨树叶子、榆树钱儿。有人来给姑娘说亲，当妈的先问，那家有几口酸菜缸。酸菜缸多，说明家底子厚。

辽宁人爱吃酸菜白肉火锅。

北京人吃羊肉酸菜汤下杂面。

福建人、广西人爱吃酸笋。我和贾平凹在南宁，不爱吃招待所的饭，到外面瞎吃。平凹一进门，就叫：“老友面！”“老友面”者，酸笋肉丝汆汤下面也，不知道为什么叫做“老友”。

傣族人也爱吃酸。酸笋炖鸡是名菜。

延庆山里夏天爱吃酸饭。把好好的饭焐酸了，用井拔凉水一和，呼呼地就下去了三碗。

甜

都说苏州菜甜，其实苏州菜只是淡，真正甜的是无锡。无锡炒鳝糊放那么多糖！包子的肉馅里也放很多糖，没法吃！

四川夹沙肉用大片肥猪肉夹了洗沙蒸，广西芋头扣肉用大片肥猪肉夹芋泥蒸，都极甜，很好吃，但我最多只能吃两片。

广东人爱吃甜食。昆明金碧路有一家广东人开的甜品店，卖芝麻糊、绿豆沙，广东同学趋之若鹜。“番薯糖水”即用白薯切块熬的汤，这有什么好喝的呢？广东同学曰：“好嘢！”

北方人不是不爱吃甜，只是过去糖难得。我家曾有老保姆，正定乡下人，六十多岁了。她还有个婆婆，八十几了。她有一次要回乡探亲，临行称了二斤白糖，说她的婆婆就爱喝个白糖水。

苦

北京人很保守，过去不知苦瓜为何物，近年有人学会吃了。菜农也有种的了。农贸市场上有很好的苦瓜卖，属于“细菜”，价颇昂。

北京人过去不吃蕹菜，不吃木耳菜，近年也有人爱吃了。

北京人在口味上开放了！

北京人过去就知道吃大白菜。由此可见，大白菜主义是可以被打倒的。

北方人初春吃苣荬菜。苣荬菜分甜荬、苦荬，苦荬相当的苦。

有一个贵州的年轻女演员上我们剧团学戏，她的妈妈不远迢迢给她寄来一包东西，是“者耳根”，或名“则尔根”，即鱼腥草。她让我尝了几根。这是什么东西？苦，倒不要紧，它有一股强烈的生鱼腥味，实在招架不了！

辣

剧团有一干部，是写字幕的，有时也管杂务。此人是个吃辣的专家。他每天中午饭不吃菜，吃辣椒下饭。全国各地的，少数民族的，各种辣椒，他都千方百计地弄来吃。剧团到上海演出，他帮助搞伙食，这下好，不会缺辣椒吃。原以为上海辣椒不好买，他下车第二天就找到一家专卖各种辣椒的铺子。上海人有一些是能吃辣的。

我们吃辣是在昆明练出来的，曾跟几个贵州同学在一起用青辣椒在火上烧烧，蘸盐水下酒。平生所吃辣椒亦多矣，什么朝天椒、野山椒，都不在话下。我吃过最辣的辣椒是在越南。一九四七年，由越南转道往上海，在海防街头吃牛肉粉，牛肉极嫩，汤极鲜，辣椒极辣，一碗汤粉，放三四丝辣椒就辣得不行。这种辣椒的颜色是橘黄色的。在川北，听说有一种辣椒本身不能吃，用一根线吊在灶上，汤做得了，把辣椒在汤里涮涮，就辣得不得了。云南佧佤族[①]有一种辣椒，叫“涮涮辣”，与川

① 佤族的旧称。——编者注

北吊在灶上的辣椒大概不相上下。

四川不能说是最能吃辣的省份，川菜的特点是辣且麻，——搁很多花椒。四川的小面馆的墙壁上黑漆大书三个字：麻辣烫。麻婆豆腐、干煸牛肉丝、棒棒鸡，不放花椒不行。花椒得是川椒，捣碎，菜做好了，最后再放。

咸

周作人说他的家乡整年吃咸极了的咸菜和咸极了的咸鱼，浙东人确实吃得很咸。有个同学，是台州人，到铺子里吃包子，掰开包子就往里倒酱油。口味的咸淡和地域是有关系的。北京人说南甜北咸东辣西酸，大体不错。河北、东北人口重，福建菜多很淡。但这与个人的性格习惯也有关。湖北菜并不咸，但闻一多先生却嫌云南蒙自的菜太淡。

中国人过去对吃盐很讲究，如桃花盐、水晶盐，“吴盐胜雪”，现在则全国都吃再制精盐。只有四川人腌咸菜还坚持用自贡产的井盐。

臭

我不知道世界上还有什么国家的人爱吃臭。

过去上海、南京、汉口都卖油炸臭豆腐干。长沙火宫殿的臭豆腐因为一个大人物年轻时常吃而出名。这位大人物后来还去吃过，说了一句话："火宫殿的臭豆腐还是好吃。""文化大革命"中火宫殿的影壁上就出现了两行大字：

最高指示：

火宫殿的臭豆腐还是好吃。

我们一个同志到南京出差，他的爱人是南京人，嘱咐他带一点臭豆腐干回来。他千方百计，居然办到了。带到火车上，引起一车厢的人强烈抗议。

除豆腐干外，面筋、百叶（千张）皆可臭。蔬菜里的莴苣、冬瓜、豇豆皆可臭。冬笋的老根咬不动，切下来随手就扔进臭坛子里。——我们那里很多人家都有个臭坛子，一坛子“臭卤”。腌芥菜挤下的汁放几天即成“臭卤”。臭物中最特殊的是臭苋菜秆。苋菜长老了，主茎可粗如拇指，高三四尺，截成二寸许小段，入臭坛。臭熟后，外皮是硬的，里面的芯成果冻状。噙住一头，一吸，芯肉即入口中。这是佐粥的无上妙品。我们那里叫做“苋菜秸子”，湖南人谓之“苋菜咕”，因为吸起来“咕”的一声。

北京人说的臭豆腐指臭豆腐乳。过去是小贩沿街叫卖的：“臭豆腐，酱豆腐，王致和的臭豆腐。”臭豆腐就贴饼子，熬一锅虾米皮白菜汤，好饭！现在王致和的臭豆腐用很大的玻璃方瓶装，很不方便，一瓶一百块，得很长时间才能吃完，而且卖得很贵，成了奢侈品。我很希望这种包装能改进，一器装五块足矣。

我在美国吃过最臭的“气死”（干酪），洋人多闻之掩鼻，对我说起来实在没有什么，比臭豆腐差远了。

甚矣，中国人口味之杂也，敢说堪为世界之冠。

故乡的食物

炒米和焦屑

小时读《板桥家书》:“天寒冰冻时暮，穷亲戚朋友到门，先泡一大碗炒米送手中，佐以酱姜一小碟，最是暖老温贫之具”，觉得很亲切。郑板桥是兴化人，我的家乡是高邮，风气相似。这样的感情，是外地人们不易领会的。炒米是各地都有的。但是很多地方都做成了炒米糖。这是很便宜的食品。孩子买了，咯咯地嚼着。四川有“炒米糖开水”，车站码头都有得卖，那是泡着吃的。但四川的炒米糖似也是专业的作坊做的，不像我们那里。我们那里也有炒米糖，像别处一样，切成长方形的一块一块。也有搓成圆球的，叫做“欢喜团”。那也是作坊里做的。

但通常所说的炒米，是不加糖黏结的，是“散装”的；而且不是作坊里做出来，是自己家里炒的。

说是自己家里炒，其实是请了人来炒的。炒炒米也要点手艺，并不是人人都会的。入了冬，大概是过了冬至吧，有人背了一面大筛子，手持长柄的铁铲，大街小巷地走，这就是炒炒米的。有时带一个助手，多半是个半大孩子，是帮他烧火的。请到家里来，管一顿饭，给几个钱，炒一天。或二斗，或半石；像我们家人口多，一次得炒一石糯米。炒炒米都是把一年所需一次炒齐，没有零零碎碎炒的。过了这个季节，再找炒炒米的也找不着。一炒炒米，就让人觉得，快要过年了。

装炒米的坛子是固定的，这个坛子就叫“炒米坛子”，不作别的用途。舀炒米的东西也是固定的，一般人家大都是用一个香烟罐头。我的祖母用的是一个“柚子壳”。柚子，——我们那里柚子不多见，从顶上开一个洞，把里面的瓢掏出来，再塞上米糠，风干，就成了一个硬壳的钵状的东西。她用这个柚子壳用了一辈子。

我父亲有一个很怪的朋友，叫张仲陶。他很有学问，曾教我读过《项羽本纪》。他薄有田产，不治生业，整天在家研究易经，算卦。他算卦用蓍草。全城只有他一个人用蓍草算卦。据说他有几卦算得极灵。有一家，丢了一只金戒指，怀疑是女用人偷了。这女用人蒙了冤枉，来求张先生算一卦。张先生算了，说戒指没有丢，在你们家炒米坛盖子上。一找，果然。我小时就不大相信，算卦怎么能算得这样准，怎么能算得出在炒米坛盖子上呢？不过他的这一卦说明了一件事，即我们那里炒米坛子是几乎家家都有的。

炒米这东西实在说不上有什么好吃。家常预备，不过取其方便。用开水一泡，马上就可以吃。在没有什么东西好吃的时候，泡一碗，可代早晚茶。来了平常的客人，泡一碗，也算是点心。郑板桥说“穷亲戚朋友到门，先泡一大碗炒米送手中”，也是说其省事，比下一碗挂面还要简单。炒米是吃不饱人的。一大碗，其实没有多少东西。我们那里吃泡炒米，一般是抓上一把白糖，如板桥所说“佐以酱姜一小碟”，也有，少。我现在岁数大了，如有人请我吃泡炒米，我倒宁愿来一小碟酱生姜，——最好滴几滴香油，那倒是还有点意思的。另外还有一种吃法，用猪油煎两个嫩荷包蛋——我们那里叫做“蛋瘪子”，抓一把炒米和在一起吃。这种食品是只有“惯宝宝”才能吃得到的。谁家要是老给孩子吃这种东西，街坊就会有议论的。

我们那里还有一种可以急就的食品，叫做“焦屑”。煳锅巴磨成碎末，就是焦屑。我们那里，餐餐吃米饭，顿顿有锅巴。把饭铲出来，锅巴用小火烘焦，起出来，卷成一卷，存着。锅巴是不会坏的，不发馊，不长霉。攒够一定的数量，就用一具小石磨磨碎，放起来。焦屑也像炒米一样。用开水冲冲，就能吃了。焦屑调匀后成糊状，有点像北方的炒面，但比炒面爽口。

我们那里的人家预备炒米和焦屑，除了方便，原来还有一层意思，是应急。在不能正常煮饭时，可以用来充饥。这很有点像古代行军用的“糒”。有一年，记不得是哪一年，总之是我还小，还在上小学，党军（国民革命军）和联军（孙传芳的军队）在我们县境内开了仗，很多人都躲进了红十字会。不知道出于一种什么信念，大家都以为红十字会是哪一方的军队都不能打进去的，进了红十字会就安全了。红十字会设在炼阳观，这是一个道士观。我们一家带了一点行李进了炼阳观。祖母指挥着，特别关照，把一坛炒米和一坛焦屑带了去。我对这种打破常规的生活极感兴趣。晚上，爬到吕祖楼上去，看双方军队枪炮的火光在东北面不知什么地方一阵一阵地亮着，觉得有点紧张，也很好玩。很多人家住在一起，不能煮饭，这一晚上，我们是冲炒米、泡焦屑度过的。没有床铺，我把几个道士诵经用的蒲团拼起来，在上面睡了一夜。这实在是我小时候度过的一个浪漫主义的夜晚。

第二天，没事了，大家就都回家了。

炒米和焦屑和我家乡的贫穷和长期的动乱是有关系的。

端午的鸭蛋

家乡的端午，很多风俗和外地一样。系百索子。五色的丝线拧成小绳，系在手腕上。丝线是掉色的，洗脸时沾了水，手腕上就印得红一道绿一道的。做香角子。丝线缠成小粽子，里头装了香面，一个一个串起来，挂在帐钩上。贴五毒。红纸剪成五毒，贴在门坎上。贴符。这符是城隍庙送来的。城隍庙的老道士还是我的寄名干爹，他每年端午节前就派小道士送符来，还有两把小纸扇。符送来了，就贴在堂屋的门楣上。一尺来长的黄色、蓝色的纸条，上面用朱笔画些莫名其妙的道道，这就能辟邪么？喝雄黄酒。用酒和的雄黄在孩子的额头上画一个“王”字，这是很多地方都有的。有一个风俗不知别处有不：放黄烟子。黄烟子是大小如北方的麻雷子的炮仗，只是里面灌的不是硝药，而是雄黄。点着后不响，只是冒出一股黄烟，能冒好一会。把点着的黄烟子丢在橱柜下面，说是可以熏五毒。小孩子点了黄烟子，常把它的一头抵在板壁上写虎字。写黄烟虎字笔画不能断，所以我们那里的孩子都会写草书的“一笔虎”。还有一个风俗，是端午节的午饭要吃“十二红”，就是十二道红颜色的菜。十二红里我只记得有炒红苋菜、油爆虾、咸鸭蛋，其余的都记不清，数不出了。也许十二红只是一个名目，不一定真凑足十二样。不过午饭的菜都是红的，这一点是我没有记错的，而且，苋菜、虾、鸭蛋，一定是有的。这三样，在我的家乡，都不贵，多数人家是吃得起的。

我的家乡是水乡。出鸭。高邮大麻鸭是著名的鸭种。鸭多，鸭蛋也多。高邮人也善于腌鸭蛋。高邮咸鸭蛋于是出了名。我在苏南、浙江，每逢有人问起我的籍贯，回答之后，对方就会肃然起敬：“哦！你们那里出咸鸭蛋！”上海的卖腌腊的店铺里也卖咸鸭蛋，必用纸条特别标明：“高邮咸蛋”。高邮还出双黄鸭蛋。别处鸭蛋有偶有双黄的，但不如高邮的多，可以成批输出。双黄鸭蛋味道其实无特别处。还不就是个鸭蛋！只是切开之后，里面圆圆的两个黄，使人惊奇不已。我对异乡人称道高邮鸭蛋，是不大高兴的，好像我们那穷地方就出鸭蛋似的！不过高邮的咸鸭蛋，确实是好，我走的地方不少，所食鸭蛋多矣，但和我家乡的完全不能相比！曾经沧海难为水，他乡咸鸭蛋，我实在瞧不上。袁枚的《随园食单·小菜单》有“腌蛋”一条。袁子才这个人我不喜欢，他的《食单》好些菜的做法是听来的，他自己并不会做菜。但是“腌蛋”这一条我看后却觉得很亲切，而且“与有荣焉”。文不长，录如下：

> 腌蛋以高邮为佳，颜色红而油多，高文端公最喜食之。席间，先夹取以敬客，放盘中。总宜切开带壳，黄白兼用；不可存黄去白，使味不全，油亦走散。

高邮咸蛋的特点是质细而油多。蛋白柔嫩，不似别处的发干、发粉，入口如嚼石灰。油多尤为别处所不及。鸭蛋的吃法，如袁子才所说，带壳切开，是一种，那是席间待客的办法。平常食用，一般都是敲破“空头”用筷子挖着吃。筷子头一扎下去，吱——红油就冒出来了。高邮咸蛋的黄是通红的。苏北有一道名菜，叫做“朱砂豆腐”，就是用高邮鸭蛋黄炒的豆腐。我在北京吃的咸鸭蛋，蛋黄是浅黄色的，这叫什么咸鸭蛋呢！

端午节，我们那里的孩子兴挂“鸭蛋络子”。头一天，就由姑姑或姐姐用彩色丝线打好了络子。端午一早，鸭蛋煮熟了，由孩子自己去挑一个，鸭蛋有什么可挑的呢！有！一要挑淡青壳的。鸭蛋壳有白的和淡青的两种。二要挑形状好看的。别说鸭蛋都是一样的，细看却不同。有的样子蠢，有的秀气。挑好了，装在络子里，挂在大襟的纽扣上。这有什么好看呢？然而它是孩子心爱的饰物。鸭蛋络子挂了多半天，什么时候孩子一高兴，就把络子里的鸭蛋掏出来，吃了。端午的鸭蛋，新腌不久，只有一点淡淡的咸味，白嘴吃也可以。

孩子吃鸭蛋是很小心的，除了敲去空头，不把蛋壳碰破。

蛋黄蛋白吃光了，用清水把鸭蛋里面洗净，晚上捉了萤火虫来，装在蛋壳里，空头的地方糊一层薄罗。萤火虫在鸭蛋壳里一闪一闪地亮，好看极了！

小时读囊萤映雪故事，觉得东晋的车胤用练囊盛了几十只萤火虫，照了读书，还不如用鸭蛋壳来装萤火虫。不过用萤火虫照亮来读书，而且一夜读到天亮，这能行么？车胤读的是手写的卷子，字大，若是读现在的新五号字，大概是不行的。

咸菜慈姑汤

一到下雪天，我们家就喝咸菜汤，不知是什么道理。是因为雪天买不到青菜？那也不见得。除非大雪三日，卖菜的出不了门，否则他们总还会上市卖菜的。这大概只是一种习惯。一早起来，看见飘雪花了，我就知道：今天中午是咸菜汤！

咸菜是青菜腌的。我们那里过去不种白菜，偶有卖的，叫做“黄芽菜”，是外地运去的，很名贵。一般黄芽菜炒肉丝，是上等菜。平常吃的，都是青菜，青菜似油菜，但高大得多。入秋，腌菜，这时青菜正肥。把青菜成担的买来，洗净，晾去水气，下缸。一层菜，一层盐，码实，即成。随吃随取，可以一直吃到第二年春天。

腌了四五天的新咸菜很好吃，不咸，细、嫩、脆、甜，难可比拟。

咸菜汤是咸菜切碎了煮成的。到了下雪的天气，咸菜已经腌得很咸了，而且已经发酸，咸菜汤的颜色是暗绿的。没有吃惯的人，是不容易引起食欲的。

咸菜汤里有时加了慈姑片，那就是咸菜慈姑汤。或者叫慈姑咸菜汤，都可以。

我小时候对慈姑实在没有好感。这东西有一种苦味。民国二十年，我们家乡闹大水，各种作物减产，只有慈姑却丰收。那一年我吃了很多慈姑，而且是不去慈姑的嘴子的，真难吃。

我十九岁离乡，辗转漂流，三四十年没有吃到慈姑，并不想。

前好几年，春节后数日，我到沈从文老师家去拜年，他留我吃饭，师母张兆和炒了一盘慈姑肉片。沈先生吃了两片慈姑，说："这个好！格比土豆高。"我承认他这话。吃菜讲究"格"的高低，这种语言正是沈老师的语言。他是对什么事物都讲"格"的，包括对于慈姑、土豆。

因为久违，我对慈姑有了感情。前几年，北京的菜市场在春节前后有卖慈姑的。我见到，必要买一点回来加肉炒了。家里人都不怎么爱吃。所有的慈姑，都由我一个人"包圆儿"了。

北方人不识慈姑。我买慈姑，总要有人问我："这是什么？"——"慈姑。"——"慈姑是什么？"这可不好回答。

北京的慈姑卖得很贵，价钱和"洞子货"（温室所产）的西红柿、野鸡脖韭菜差不多。

我很想喝一碗咸菜慈姑汤。

我想念家乡的雪。

虎头鲨·昂嗤鱼·砗螯·螺蛳·蚬子

苏州人特重塘鳢鱼。上海人也是，一提起塘鳢鱼，眉飞色舞。塘鳢鱼是什么鱼？我向往之久矣。到苏州，曾想尝尝塘鳢鱼，未能如愿。后来我知道：塘鳢鱼就是虎头鲨，嗐！

塘鳢鱼亦称土步鱼。《随园食单》：“杭州以土步鱼为上品，而金陵人贱之，目为虎头蛇，可发一笑。”虎头蛇即虎头鲨。这种鱼样子不好看，而且有点凶恶。浑身紫褐色，有细碎黑斑，头大而多骨，鳍如蝶翅。这种鱼在我们那里也是贱鱼，是不能上席的。苏州人做塘鳢鱼有清炒、椒盐多法。我们家乡通常的吃法是氽汤，加醋、胡椒。虎头鲨氽汤，鱼肉极细嫩，松而不散，汤味极鲜，开胃。

昂嗤鱼的样子也很怪，头扁嘴阔，有点像鲇鱼，无鳞，皮色黄，有浅黑色的不规整的大斑。无背鳍，而背上有一根很硬的尖锐的骨刺。用手捏起这根骨刺，它就发出昂嗤昂嗤小小的声音。这声音是怎么发出来的，我一直没弄明白。这种鱼是由这种声音得名的，它的学名是什么，只有去问鱼类学专家了。这种鱼没有很大的，七八寸长的，就算难得的了。这种鱼也很贱，连乡下人也看不起。我的一个亲戚在农村插队，见到昂嗤鱼，买了一些，农民都笑他："买这种鱼干什么！"昂嗤鱼其实是很好吃的。昂嗤鱼通常也是氽汤。虎头鲨是醋汤，昂嗤鱼不加醋，汤白如牛乳，是所谓"奶汤"。昂嗤鱼也极细嫩，鳃边的两块蒜瓣肉有大拇指大，堪称至味。有一年，北京一家鱼店不知从哪里运来一些昂嗤鱼，无人问津。顾客都不识这是啥鱼。有一位卖鱼的老师傅倒知道："这是昂嗤。"我看到，高兴极了，买了十来条。回家一做，满不是那么一回事！昂嗤要吃活的（虎头鲨也是活杀）。长途转运，又在冷库里冰了一些日子，肉质变硬，鲜味全失，一点意思都没有！

砗螯我的家乡叫馋螯，砗螯是扬州人的叫法。我在大连见到花蛤，我以为就是砗螯，不是。形状很相似，入口全不同。

花蛤肉粗而硬，咬不动。砗螯极柔软细嫩。砗螯好像是淡水里产的，但味道却似海鲜。有点像蛎黄，但比蛎黄味道清爽。比青蛤、蚶子味厚。砗螯可清炒，烧豆腐，或与咸肉同煮。砗螯烧乌青菜（江南人叫塌苦菜），风味绝佳。乌青菜如是经霜而现拔的，尤美。我不食砗螯四十五年矣。

砗螯壳稍呈三角形，质坚，白如细瓷，而有各种颜色的弧形花斑，有浅紫的，有暗红的，有赭石、墨蓝的，很好看。家里买了砗螯，挖出砗螯肉，我们就从一堆砗螯壳里去挑选，挑到好的，洗净了留起来玩。砗螯壳的铰合部有两个突出的尖嘴子，把尖嘴子在糙石上磨磨，不一会就磨出两个小圆洞，含在嘴里吹，呜呜地响，且有细细颤音，如风吹窗纸。

螺蛳处处有之。我们家乡清明吃螺蛳，谓可以明目。用五香煮熟螺蛳，分给孩子，一人半碗，由他们自己用竹签挑着吃，孩子吃了螺蛳，用小竹弓把螺蛳壳射到屋顶上，喀拉喀拉地响。夏天“检漏”，瓦匠总要扫下好些螺蛳壳。这种小弓不作别的用处，就叫做螺蛳弓，我在小说《戴东匠》里对螺蛳弓有较详细的描写。

蚬子是我所见过的贝类里最小的了，只有一粒瓜子大。蚬子是剥了壳卖的。剥蚬子的人家附近堆了好多蚬子壳，像一个坟头。蚬子炒韭菜，很下饭。这种东西非常便宜，为小户人家的恩物。

有一年修运河堤。按工程规定，有一段堤面应铺碎石，包工的贪污了款子，在堤面铺了一层蚬子壳。前来检收的委员，坐在汽车里，向外一看，白花花的一片，还抽着雪茄烟，连说："很好！很好！"

我的家乡富水产。鱼中之名贵的是鳊鱼、白鱼（尤重翘嘴白）、鲟花鱼（即鳜鱼），谓之"鳊、白、鲟。"虾有青虾、白虾。蟹极肥。以无特点，故不及。

野鸭·鹌鹑·斑鸠·䴔

过去我们那里野鸭子很多。水乡，野鸭子自然多。秋冬之际，天上有时"过"野鸭子，黑乎乎的一大片，在地上可以听到它们鼓翅的声音，呼呼的，好像刮大风。野鸭子是枪打的（野鸭肉里常常有很细的铁砂子，吃时要小心），但打野鸭子的人自己不进城来卖。卖野鸭子有专门的摊子。有时卖鱼的也卖野鸭子，把一个养活鱼的木盆翻过来，野鸭一对一对地摆在盆底，卖野鸭子是不用秤约的，都是一对一对地卖。野鸭子是有一定分量的。依分量大小，有一定的名称，如“对鸭”“八鸭”。哪一种有多大分量，我现在已经记不清了。卖野鸭子都是带毛的。卖野鸭子的可以代客当场去毛，拔野鸭毛是不能用开水烫的。野鸭子皮薄，一烫，皮就破了。干拔。卖野鸭子的把一只鸭子放入一个麻袋里，一手提鸭，一手拔毛，一会儿就拔净了。——放在麻袋里拔，是防止鸭毛飞散。代客拔毛，不另收费，卖野鸭子的只要那一点鸭毛。——野鸭毛是值钱的。

野鸭的吃法通常是切块红烧。清炖大概也可以吧，我没有吃过。野鸭子肉的特点是：细、酥，不像家鸭每每肉老。野鸭烧咸菜是我们那里的家常菜。里面的咸菜尤其是佐粥的妙品。

现在我们那里的野鸭子很少了。前几年我回乡一次，偶有，卖得很贵。原因据说是因为县里对各乡水利作了全面综合治理，过去的水荡子、荒滩少了，野鸭子无处栖息。而且，野鸭子过去是吃收割后遗撒在田里的谷粒的，现在收割得很干净，颗粒归仓，野鸭子没有什么可吃的，不来了。

鹌鹑是网捕的。我们那里吃鹌鹑的人家少，因为这东西只有由乡下的亲戚送来，市面上没有卖的。鹌鹑大都是用五香卤了吃。也有用油炸了的。鹌鹑能斗，但我们那里无斗鹌鹑的风气。

我看见过猎人打斑鸠。我在读初中的时候，午饭后，我到学校后面的野地里去玩。野地里有小河，有野蔷薇，有金黄色的茼蒿花，有苍耳（苍耳子有小钩刺，能挂在衣裤上，我们管它叫“万把钩”），有才抽穗的芦荻。在一片树林里，我发现一个猎人。我们那里猎人很少，我从来没有见过猎人，但是我一看见他，就知道：他是一个猎人。这个猎人给我一个非常猛厉的印象。他穿了一身黑，下面却缠了鲜红的绑腿。他很瘦。他的眼睛黑，而冷。他握着枪。他在干什么？树林上面飞过一只斑鸠。他在追逐这只斑鸠。斑鸠分明已经发现猎人了。它想逃脱。斑鸠飞到北面，在树上落一落，猎人一步一步往北走。斑鸠连忙往南面飞，猎人扬头看了一眼，斑鸠落定了，猎人又一步一步往南走，非常冷静。这是一场无声的，然而非常紧张的、坚持的较量。斑鸠来回飞，猎人来回走。我很奇怪，为什么斑鸠不往树林外面飞。这样几个来回，斑鸠慌了神了，它飞得不稳了，歪歪倒倒的，失去了原来均匀的节奏。忽然，砰，——枪声一响，斑鸠应声而落。猎人走过去，拾起斑鸠，看了看，装在猎袋里。他的眼睛很黑，很冷。

我在小说《异秉》里提到王二的熏烧摊子上，春天，卖一种叫做“䴕”的野味。䴕这种东西我在别处没看见过。“䴕”这个字很多人也不认得。多数字典里不收。《辞海》里倒有这个字，标音为（duo 又读 zhua）。zhua 与我乡读音较近，但我们那里是读入声的，这只有用国际音标才标得出来。即使用国际音标标出，在不知道“短促急收藏”的北方人也是读不出来的。《辞海》“䴕”字条下注云“见䴕鸠”，似以为“䴕”即“䴕鸠”。而在“䴕鸠”条下注云：“鸟名。雉属。即‘沙鸡’。”这就不对了。沙鸡我是见过的，吃过的。内蒙、张家口多出沙鸡。《尔雅·释鸟》郭璞注：“出北方沙漠地”，不错。北京冬季偶尔也有卖的。沙鸡嘴短而红，腿也短。我们那里的䴕却是水鸟，嘴长，腿也长。

鵽的滋味和沙鸡有天渊之别。沙鸡肉较粗，略带酸味；鵽肉极细，非常香。我一辈子没有吃过比鵽更香的野味。

蒌蒿·枸杞·荠菜·马齿苋

小说《大淖记事》："春初水暖，沙洲上冒出很多紫红色的芦芽和灰绿色的蒌蒿，很快就是一片翠绿了。"我在书页下方加了一条注："蒌蒿是生于水边的野草，粗如笔管，有节，生狭长的小叶，初生二寸来高，叫做'蒌蒿薹子'，加肉炒食极清香。……"蒌蒿的蒌字，我小时不知怎么写，后来偶然看了一本什么书，才知道的。这个字音"吕"。我小学有一个同班同学，姓吕，我们就给他起了个外号，叫"蒌蒿薹子"（蒌蒿薹子家开了一爿糖坊，小学毕业后未升学，我们看见他坐在糖坊里当小老板，觉得很滑稽）。但我查了几本字典，"蒌"都音"楼"，我有点恍惚了。"楼""吕"一声之转。许多从"娄"的字都读"吕"，如"屡""缕""褛"……这本来无所谓，读"楼"读"吕"，关系不大。但字典上都说蒌蒿是蒿之一种，即白蒿，我却有点不以为然了。我小说里写的蒌蒿和蒿其实不相干。读苏东坡《惠崇春江晚景》诗："竹外桃花三两枝，春江水暖鸭先知。蒌蒿满地芦芽短，正是河豚欲上时。"此蒌蒿生于水边，与芦芽为伴，分明是我的家乡人所吃的蒌蒿，非白蒿。或者"即白蒿"的蒌蒿别是一种，未可知矣。深望懂诗、懂植物学，也懂吃的博雅君子有以教我。

我的小说注文中所说的"极清香"，很不具体。嗅觉和味觉是很难比方，无法具体的。昔人以为荔枝味似软枣，实在是风马牛不相及。我所谓"清香"，即食时如坐在河边闻到新涨的春水的气味。这是实话，并非故作玄言。

枸杞到处都有。开花后结长圆形的小浆果，即枸杞子。我们叫它"狗奶子"，形状颇像。本地产的枸杞子没有入药的，大概不如宁夏产的好。枸杞是多年生植物。春天，冒出嫩叶，即枸杞头。枸杞头是容易采到的。偶尔也有近城的乡村的女孩子采了，放在竹篮里叫卖："枸杞头来！……"枸杞头可下油盐炒食；或用开水焯了，切碎，加香油、酱油、醋，凉拌了吃。那滋味，也只能说"极清香"。春天吃枸杞头，云可以清火，如北方人吃苣荬菜一样。

"三月三，荠菜花赛牡丹"。俗谓是日以荠菜花置灶上，则蚂蚁不上锅台。

北京也偶有荠菜卖。菜市上卖的是园子里种的，茎白叶大，颜色较野生者浅淡，无香气。农贸市场间有南方的老太太挑了野生的来卖，则又过于细瘦，如一团乱发，制熟后强硬扎嘴。总不如南方野生的有味。

江南人惯用荠菜包春卷，包馄饨，甚佳。我们家乡有用来包春卷的，用来包馄饨的没有，——我们家乡没有"菜肉馄饨"。一般是凉拌。荠菜焯熟剁碎，界首茶干切细丁，入虾米，同拌。这道菜是可以上酒席做凉菜的。酒席上的凉拌荠菜都用手抟成一座尖塔，临吃推倒。

马齿苋现在很少有人吃。古代这是相当重要的菜蔬。苋分人苋、马苋。人苋即今苋菜，马苋即马齿苋。我们祖母每于夏天摘肥嫩的马齿苋晾干，过年时做馅包包子。她是吃长斋的，这种包子只有她一个人吃。我有时从她的盘子里拿一个，蘸了香油吃，挺香。马齿苋有点淡淡的酸味。

马齿苋开花，花瓣如一小囊。我们有时捉了一个哑巴知了，——知了是应该会叫的，捉住一个哑巴，多么扫兴！于是就摘了两个马齿苋的花瓣套住它的眼睛，——马齿苋花瓣套知了眼睛正合适，一撒手，这知了就拼命往高处飞，一直飞到看不见！

三年自然灾害，我在张家口沙岭子吃过不少马齿苋。那时候，这是宝物！

故乡的野菜

荠菜：荠菜是野菜，但在我家乡却是可以上席的。我们那里，一般的酒席，开头都有八个凉碟，在客人入席前即已摆好，通常是火腿、变蛋（松花蛋）、凤鸡、酱鸭、油爆虾（或呛虾）、蚶子（是从外面运来的，我们那里不产）、咸鸭蛋之类。若是春天，就会有两样应时凉拌小菜：杨花萝卜（即北京的小水萝卜）切细丝拌海蜇，和拌荠菜。荠菜焯过，碎切，和香干细丁同拌，加姜米，浇以麻酱油醋，或用虾米，或不用，均可。这道菜常抟成宝塔形，临吃推倒，拌均。拌荠菜总是受欢迎的，吃个新鲜。凡野菜，都有一种园种的蔬菜所缺少的清香。

荠菜大都是凉拌，炒荠菜很少人吃。荠菜可包春卷，包圆子（汤团）。江南人用荠菜包馄饨，称为菜肉馄饨，亦称“大馄饨”。我们那里没有用荠菜包馄饨的。我们那里的面店中所卖的馄饨都是纯肉馅的馄饨，即江南所说的“小馄饨”，没有“大馄饨”。我在北京的一家有名的家庭餐馆吃过这一家的一道名菜：翡翠蛋羹。一个汤碗里一边是蛋羹，一边是荠菜，一边嫩黄，一边碧绿，绝不混淆，吃时搅在一起。这种讲究的吃法，我们家乡没有。

枸杞头：春天的早晨，尤其是下了一场小雨之后，就可听到叫卖枸杞头的声音。卖枸杞头的多是附近村的女孩子，声音很脆，极能传远：“卖枸杞头来！”枸杞头放在一个竹篮子里，一种长圆形的竹篮，叫做元宝篮子，枸杞头带着雨水，女孩子的声音也带着雨水。枸杞头不值什么钱，也从不用秤约，给几个钱，她们就能把整篮子倒给你。女孩子也不把这当作正经买卖，卖一点钱，够打一瓶梳头油就行了。

自己去摘，也不费事。一会儿工夫，就能摘一堆。枸杞到处都是。我的小学的操场原是祭天地的空地，叫做“天地坛”。天地坛的四边围墙的墙根，长的都是这东西。枸杞夏天开小白花，秋天结很多小红果子，即枸杞子，我们小时候叫它“狗奶子”，因为很像狗的奶子。

枸杞头也都是凉拌，清香似尤甚于荠菜。

蒌蒿：小说《大淖记事》：“春初水暖，沙洲上冒出很多紫红色的芦芽和灰绿色的蒌蒿，很快就是一片翠绿了。”我在书页下面加了一条注：“蒌蒿是生于水边的野草，粗如笔管，有节，生狭长的小叶，初生二寸来高，叫做‘蒌蒿薹子’，加肉炒食极清香。……”蒌蒿，字典上都注“蒌”音楼，蒿之一种，即白蒿，我以为蒌蒿不是蒿之一种，蒌蒿掐断，没有那种蒿子气，倒是有一种水草气。苏东坡诗：“蒌蒿满地芦芽短”，以蒌蒿与芦芽并举，证明是水边的植物，就是我家乡所说“蒌蒿薹子”。“蒌”字我的家乡不读楼，读“吕”。蒌蒿好像都是和瘦猪肉同炒，素炒好像没有。我小时候非常爱吃炒蒌蒿薹子。桌上有一盘炒蒌蒿薹子，我就非常兴奋，胃口大开。蒌蒿薹子除了清香，还有就是很脆，嚼之有声。

荠菜、枸杞我在外地偶尔吃过，蒌蒿薹子自十九岁离乡后从未吃过，非常想念。去年我的家乡有人开了汽车到北京来办事，我的弟妹托他们带了一塑料袋蒌蒿薹子来，因为路上耽搁，到北京时已经焐坏了。我挑了一些还不太烂的，炒一盘，还有那么一点意思。

马齿苋：中国古代吃马齿苋是普遍的，马苋与人苋（即红白苋菜）并提。后来不知怎么吃的人少了。我的祖母每年夏天都要摘一些马齿苋，晾干了，过年包包子。我的家乡普通人家平常是不包包子的。只有过年才包，自己家里人吃，有客人来蒸一盘待客。不是家里人包的，一般的家庭妇女不会包，都是备了面、馅，请包子店里的师傅到家里做，做一上午，就够正月里吃了。我的祖母吃长斋，她的马齿苋包子只有她自己吃。我尝过一个，马齿苋有点酸酸的味道，不难吃，也不好吃。

马齿苋南北皆有。我在北京的甘家口住过，离玉渊潭很近，玉渊潭马齿苋极多，北京人叫做马苋儿菜，吃的人很少。养鸟的拔了喂画眉。据说画眉吃了能清火。画眉还会有“火”么？

莼菜：第一次喝莼菜汤是在杭州西湖的楼外楼，一九四八年四月。这以前我没有吃过莼菜，也没有见过。我的家乡人大都不知莼菜为何物。但是秦少游有《以莼姜法鱼糟蟹寄子瞻》诗，则高邮原来是有莼菜的。诗最后一句是“泽居备礼无麋鹿”，秦少游当时在高邮居住，送给苏东坡的是高邮的土产。高邮现在还有没有莼菜，什么时候回高邮，我得调查调查。

明朝的时候，我的家乡出过一个散曲作家王磐。王磐字鸿渐，号西楼，散曲作品有《西楼乐府》。王磐当时名声很大，与散曲大家陈大声并称为“南曲之冠”。王西楼还是画家。高邮现在还有一句歇后语：“王西楼嫁女儿——画（话）多银子少”。王西楼有一本有点特别的著作：《野菜谱》。《野菜谱》收野菜五十二种。五十二种中有些我是认识的，如白鼓钉（蒲公英）、蒲儿根、马栏头、青蒿儿（即茵陈蒿）、枸杞头、野菉豆、蒌蒿、荠菜儿、马齿苋、灰条。江南人重马栏头。小时读周作人的《故乡的野菜》，提到儿歌：“荠菜马栏头，姐姐嫁在后门头”，很是向往，但是我的家乡是不大有人吃的。灰条的“条”字，正字应是“藋”，通称灰菜。这东西我的家乡不吃。我第一次吃灰菜是在一个山东的同学的家里，蘸了稀面，蒸熟，就烂蒜，别具滋味。后来在昆明黄土坡一中学教书，学校发不出薪水，我们时常断炊，就掳了灰菜来炒了吃。在北京我也摘过灰菜炒食。

有一次发现钓鱼台国宾馆的墙外长了很多灰菜，极肥嫩，就弯下腰来摘了好些，装在书包里。门卫发现，走过来问："你干什么？"他大概以为我在埋定时炸弹。我把书包里的灰菜抓来给他看，他没有再说什么，走开了。灰菜有点碱味，我很喜欢这种味道。王西楼《野菜谱》中有一些，我不但没有吃过、见过，连听都没有听说过，如："燕子不来香""油灼灼"……

《野菜谱》上图下文。图画的是这种野菜的样子，文则简单地说这种野菜的生长季节，吃法。文后皆系以一诗，一首近似谣曲的小乐府，都是借题发挥。以野菜名起兴，写人民疾苦。如：

眼子菜

眼子菜，如张目，
年年盼春怀布谷，
犹向秋来望时熟。
何事频年倦不开，
愁看四野波漂屋。

猫耳朵

猫耳朵，听我歌，
今年水患伤田禾，
仓廪空虚鼠弃窝，
猫兮猫兮将奈何！

江　荠

江荠青青江水绿，
江边挑菜女儿哭。
爷娘新死兄趁熟，
止存我与妹看屋。

抱娘蒿

抱娘蒿，结根牢，
解不散，如漆胶。
君不见昨朝儿卖客船上，
儿抱娘哭不肯放。

这些诗的感情都很真挚，读之令人酸鼻。我的家乡本是个穷地方，灾荒很多，主要是水灾，家破人亡，卖儿卖女的事是常有的。我小时就见过。现在水利大有改进，去年那样的特大洪水，也没死一个人，王西楼所写的悲惨景象不复存在了。想到这一点，我为我的家乡感到欣慰。过去，我的家乡人吃野菜主要是为了度荒，现在吃野菜则是为了尝新了。喔，我的家乡的野菜！

昆明食菌

我在昆明住过七年，离开已四十多年，忘不了昆明的菌子。

雨季一到，诸菌皆出，空气里到处是菌子气味。无论贫富，都能吃到菌子。

常见的是牛肝菌、青头菌。牛肝菌菌盖正面色如牛肝。其特点是背面无菌褶，是平的，只有无数小孔，因此菌肉很厚，可切成薄片，宜于炒食。入口滑细，极鲜。炒牛肝菌要加大量蒜片，否则吃了会头晕。菌香、蒜香扑鼻，直入脏腑，逗人食欲。牛肝菌价极廉。西南联大的大食堂的饭桌上都能有一盘。青头菌稍贵一点。青头菌菌盖正面微带苍绿色，菌褶雪白。炒或烩，宜放盐，用酱油颜色就不好看了。一般都认为青头菌格韵较高，但也有人偏嗜牛肝菌，以其滋味更为强烈浓厚。

最名贵的是鸡㙡，鸡㙡之名甚奇怪。“㙡”字别处少见，一般字典上查不到。为什么叫“鸡㙡”，众说不一。有人说鸡㙡的菌盖“开伞”后，样子像公鸡脖子上的毛——鸡鬃。没有根据。我见过未经熟制的鸡㙡，样子并不像鸡鬃。——果系如此，何不径写作“鸡鬃”？这东西生长的地方也奇怪，生在田野间的白蚁窝上。为什么专长在白蚁窝上，这道理连专家也没有弄明白。鸡㙡菌盖小而菌把粗长，吃的主要便是形似鸡大腿似的菌把。鸡㙡是菌中之王。味道如何，真难比方。可以说这是植物鸡。味正似当年的肥母鸡。但鸡肉粗，有丝，而鸡㙡则极细腻丰腴，且鸡肉无此一种特殊的菌子香气。昆明甬道街有一家不大的云南馆子，制鸡㙡极有名。

菌子里味道最深刻（请恕我用了这样一个怪字眼），样子最难看的，是干巴菌。这东西像一个被踩破的马蜂窝，颜色如半干牛粪，乱七八糟，当中还夹杂了许多松毛（马尾松的针叶）、草茎，择起来很费事。择也择不出大片，只是螃蟹小腿肉粗细的丝丝。洗净后，与肥瘦相间的猪肉、青辣椒同炒，入口细嚼，半天说不出话来，只觉得：世界上还有这么好吃的东西？干巴菌，菌也，但有陈年宣威火腿香味、宁波曹白鱼鲞香味、苏州风鸡香味、南京鸭肫肝香味，且杂有松毛的清香气味。干巴菌晾干，与辣椒同腌，可久藏，味与鲜时无异。

样子最好看的是鸡油菌，个个正圆，银元大，嫩黄色，但据说不好吃。干巴菌和鸡油菌，一个中吃不中看，一个中看不中吃。

鳜鱼

读《徐文长佚草》，有一首《双鱼》：

如罽鳜鱼如栉鲥，鬐张腮呷跳纵横。

遗民携立岐阳上，要就官船脍具烹。

青藤道士画并题。鳜鱼不能屈曲，如僵蹶也。罽音计，即今花毯，其鳞纹似之，故曰罽鱼。鲫鱼群附而行，故称鲥鱼。旧传败栉所化，或因其形似耳。

这是一首题画诗。使我发生兴趣的是诗后的附注。鳜鱼为什么叫做鳜鱼呢？是因为它“不能屈曲如僵蹶也”。此说似有理。鳜鱼是不能屈曲的，因为它的脊刺很硬。但又觉得有些勉强，有点像王安石的《字说》。这种解释我没有听说过，很可能是徐文长自己琢磨出来的。但说它为什么又叫罽鱼，是有道理的。附注里的“即今花毬”，“毬”字肯定是刻错了或排错了的字，当作“毯”。“罽”是杂色的毛织品，是一种衣料。《汉书·高帝纪下》：“贾人毋得衣锦、绣、绮、縠、絺、纻、罽”。这种毛料子大概到徐文长的时候已经没有了，所以他要注明“即今花毯”。其实罽有花，却不是毯子。用毯子做衣服，未免太厚重。用当时可见的花毯来比罽，原也是没有办法的办法。而且罽或䍡，这个字十六世纪认得的人就不多了，所以徐文长注曰“音计”。鳜鱼有些地方叫做“鯚花鱼”，如松花江畔的哈尔滨和我的家乡高邮。北京人则反过来读成“花鯚”。叫做“鯚花”是没有讲的。正字应写成“罽花”。鳜鱼身上有杂色斑点，大概古代的罽就是那样。不过如果有哪家饭馆里菜单上写出“清蒸罽花鱼”，绝大部分顾客一定会不知道这是什么东西。即使写成“鳜鱼”，有人怕也不认识，很可能念成“厥鱼”（今音）。我小时候有一位老师教我们张志和的《渔父》，“西塞山前白鹭飞，桃花流水鳜鱼肥”，就把“鳜鱼”读成“厥鱼”。因此，现在很多饭馆都写成“桂鱼”。其实这是都可以的吧，写成“鯚花鱼”“桂鱼”，都无所谓，只要是那个东西。不过知道“鯚花鱼”的由来，也不失为一件有趣的事。

鳜鱼是非常好吃的。鱼里头，最好吃的，我以为是鳜鱼。刀鱼刺多，鲥鱼一年里只有那么几天可以捕到。堪与鳜鱼匹敌的，大概只有南方的石斑，尤其是青斑，即“灰鼠石斑”。鳜鱼刺少，肉厚。蒜瓣肉。肉细，嫩，鲜。清蒸、干烧、糖醋、做松鼠鱼，皆妙。氽汤，汤白如牛乳，浓而不腻，远胜鸡汤鸭汤。我在淮安曾多次吃过“干炸鲚花鱼”。二尺多长的活治整鳜鱼入大锅滚油干炸，蘸椒盐，吃了令人咋舌。至今思之，只能如张岱所说：“酒足饭饱，惭愧惭愧！”

鳜鱼的缺点是不能放养，因为它是吃鱼的。“大鱼吃小鱼”，其实吃鱼的鱼并不多。据我所知，吃鱼的鱼，只有几种：鳜鱼、鲴鱼、黑鱼（鲨鱼、鲸鱼不算）。鲴鱼本名鮠。《本草纲目·鳞部四》：“北人呼鳠，南人呼鮠，并与鲴音相近，迩来通称鲴鱼，而鳠，鮠之名不彰也。”黑鱼本名乌鳢。现在还有这么叫的。林斤澜《矮凳桥风情》里写了乌鳢，有人看了以为这是一种带神秘色彩的古怪东西，其实即黑鱼而已。

凡吃鱼的鱼，生命力都极顽强。我小时候曾在河边看人治黑鱼，内脏都掏空了，此黑鱼仍能跃入水中游去。我在小学时垂钓，曾钓着一条大黑鱼，心里喜欢得怦怦跳，不料大黑鱼把我的钓线挣断，嘴边挂着鱼钩和挺长的一截线游走了！

一九八七年七月八日

萝卜

杨花萝卜即北京的小水萝卜。因为是杨花飞舞时上市卖的，我的家乡名之曰："杨花萝卜"。这个名称很富于季节感。我家不远的街口一家茶食店的檐下有一岁数大的女人摆一个小摊子，卖供孩子食用的便宜的零吃。杨花萝卜下来的时候，卖萝卜。萝卜一把一把地码着。她不时用炊帚洒一点水，萝卜总是鲜红的。给她一个铜板，她就用小刀切下三四根萝卜。萝卜极脆嫩，有甜味，富水分。自离家乡后，我没有吃过这样好吃的萝卜。或者不如说自我长大后没有吃过这样好吃的萝卜——小时候吃的东西都是最好吃的。

除了生嚼，杨花萝卜也能拌萝卜丝。萝卜斜切的薄片，再切为细丝，加酱油、醋、香油略拌，撒一点青蒜，极开胃。小孩子的顺口溜唱道：

人之初，鼻涕拖。

油炒饭，拌萝菠[1]。

油炒饭加一点葱花，在农村算是美食，所以拌萝卜丝一碟，吃起来是很香的。

萝卜丝与细切的海蜇皮同拌，在我的家乡是上酒席的，与香干拌荠菜、盐水虾、松花蛋同为凉碟。

北京的拍水萝卜也不错，但宜少入白糖。

北京人用水萝卜切片，氽羊肉汤，味鲜而清淡。

烧小萝卜，来北京前我没有吃过（我的家乡杨花萝卜没有熟吃的），很好。有一位台湾女作家来北京，要我亲自做一顿饭

① 我的家乡称萝卜为萝菠。

请她吃。我给她做了几个菜，其中一个是烧小萝卜。她吃了赞不绝口。那当然是不难吃的：那两天正是小萝卜最好吃的时候，都长足了，但还很嫩，不糠；而且我是用干贝烧的。她说台湾没有这种水萝卜。

我的家乡有一种穿心红萝卜，粗如黄酒盏，长可三四寸，外皮深紫红色，里面的肉有放射形的紫红纹，紫白相间。若是横切开来，正如中药里的槟榔片（卖时都是直切），当中一线贯通，色极深，故名穿心红。卖穿心红萝卜的挑担，与山芋（红薯）同卖，山芋切厚片。都是生吃。

紫萝卜不大，大的如一个大衣扣子，为扁圆形，皮色乌紫。据说这是五棓子染的。看来不是本色，因为它掉色，吃了，嘴唇牙肉也是乌紫乌紫的。里面的肉却是嫩白的。这种萝卜非本地所产，产在泰州。每年秋末，就有泰州人来卖紫萝卜，都是女的，挎一个柳条篮子，沿街吆唤："紫萝——卜！"

我在淮安第一回吃到青萝卜。曾在淮安中学借读过一个学期，一到星期日，就买了七八个青萝卜，一堆花生，几个同学，尽情吃一顿。后来我到天津吃过青萝卜，觉得淮安青萝卜比天津的好。大抵一种东西头一回吃，总是最好的。

天津吃萝卜是一种风气。五十年代初，我到天津，一个同学的父亲请我们到天华景听曲艺。座位之前有一溜长案，摆得满满的，除了茶壶茶碗，瓜子花生米碟子，还有几大盘切成薄片的青萝卜。听“玩艺儿”吃萝卜，此风为别处所无。天津谚云：“吃了萝卜喝热茶，气得大夫满街爬。”吃萝卜喝茶，此风亦为别处所无。

心里美萝卜是北京特色。一九四八年冬天，我到了北京，街头巷尾，每听到吆唤：“嗳萝卜，赛梨来——辣来换……”声音高亮打远。看来在北京做小买卖的，都得有条好嗓子。卖“萝卜赛梨”的，萝卜都是一个一个挑选过的，用手指头一弹，当当的；一刀切下去，咔嚓咔嚓的响。

我在张家口沙岭子劳动，曾参加过收获心里美萝卜。张家口土质于萝卜相宜，心里美皆甚大。收萝卜时是可以随便吃的。和我一起收萝卜的农业工人起出一个萝卜，看一看，不怎么样的，随手扔进了大堆。一看，这个不错，往地下一扔，叭嚓，裂成了几瓣，“行！”于是各拿一块啃起来。甜，脆，多汁，难可名状。他们说：“吃萝卜，讲究吃‘棒打萝卜’。”

张家口的白萝卜也很大。我参加过张家口地区农业展览会的布置工作，送展的白萝卜都奇大。白萝卜有象牙白和露八分。露八分即八分露出土面，露出土面部分外皮淡绿色。

我的家乡无此大白萝卜，只是粗如小儿手臂而已。家乡吃白萝卜只是红烧，或素烧，或与臀肩肉同烧。

江南人特重白萝卜炖汤，常与排骨或猪肉同炖。白萝卜耐久炖，久则出味。或入淡菜，味尤厚。沙汀《淘金记》写幺吵吵每天用牙巴骨炖白萝卜，吃得一家脸上都是油光光的。天天吃是不行的，隔几天吃一次，想亦不恶。

四川人用白萝卜炖牛肉，甚佳。

扬州人、广东人制萝卜丝饼，极妙。北京东华门大街曾有外地人制萝卜丝饼，生意极好，此人后来不见了。

北京人炒萝卜条，是家常下饭菜。或入酱炒，则为南方人所不喜。

白萝卜最能消食通气。我们在湖南体验生活，有位领导同志，接连五天大便不通，吃了各种药都不见效，憋得他难受得不行。后来生吃了几个大白萝卜，一下子畅通了。奇效如此，若非亲见，很难相信。

萝卜是腌制咸菜的重要原料。我们那里，几乎家家都要腌萝卜干。腌萝卜干的是红皮圆萝卜。切萝卜时全家大小一起动手。孩子切萝卜，觉得这个一定很甜，尝一瓣，甜，就放在一边，自己吃。切一天萝卜，每个孩子肚子里都装了不少。萝卜干盐渍后须在芦席上摊晒，水气干后，入缸，压紧，封实，一两个月后取食。我们那里说在商店学徒（学生意）要“吃三年萝卜干饭”，意谓油水少也。学徒不到三年零一节，不满师，吃饭须自觉，筷子不能往荤菜盘里伸。

扬州一带酱园里卖萝卜头，乃甜面酱所腌，口感甚佳。孩子们爱吃，一半也因为它的形状很好玩，圆圆的，比一个鸽子蛋略大。此北地所无，天源、六必居都没有。

北京有小酱萝卜，佐粥甚佳。大腌萝卜咸得发苦，不好吃。

四川泡菜什么萝卜都可以泡，红萝卜、白萝卜。

湖南桑植卖泡萝卜。走几步，就有个卖泡萝卜的摊子。萝卜切成大片，泡在广口玻璃瓶里，给毛把钱即可得一片，边走边吃。峨眉山道边也有卖泡萝卜的，一面涂了一层稀酱。

萝卜原产中国，所以中国的为最好。有春萝卜、夏萝卜、秋萝卜、四季萝卜，一年到头都有。可生食、煮食、腌制。萝卜所惠于中国人者亦大矣。美国有小红萝卜，大如元宵，皮色鲜红可爱，吃起来则淡而无味。异域得此，聊胜于无。爱伦堡小说写几个艺术家吃奶油蘸萝卜，喝伏特加，不知是不是这种红萝卜。我在爱荷华[①]南朝鲜人开的菜铺的仓库里看到一堆心里美，大喜。买回来一吃，味道满不对，形似而已。日本人爱吃萝卜，好像是煮熟蘸酱吃的。

① 今译为艾奥瓦，是美国50个联邦州之一。——编者注

口蘑

口蘑因在张家口集散，故名。其实张家口市附近是不出口蘑的，口蘑的产地在坝上，内蒙。对于“口蘑”的正确理解，应该是：口外之蘑。

口蘑生长的秘密，好像到现在还没有揭开。口蘑长在草原上。很怪，只长在“口蘑圈”上。草原上往往有一个相当大的圆圈，正圆，这一圈的草长得特别绿，绿得发黑，这就是蘑菇圈。九月间，这是草原最美的时候。雨晴之后，天气潮闷，这是出蘑菇的时候。远远看去，蘑菇圈上一点一点的，那是蘑菇出来了。蘑菇圈是固定的。今年这里出蘑菇，明年还出。蘑菇圈的成因，谁也说不明白。有人说这地方曾扎过蒙古包，蒙古人把吃剩的羊肉汤、头骨头倒在蒙古包的周围，这一圈土特别肥沃，故草色浓绿，长蘑菇。这是想当然耳。有人曾挖取蘑菇圈上的土，移之他处，布入菌丝，希望获得人工驯化的口蘑，没有成功。

口蘑品类颇多。我曾在张家口沙岭子农业科学研究所画过一套《口蘑图谱》，皆以实物置之案前对写，自信对口蘑略有认识。口蘑的主要品种有：

黑蘑：菌盖白色，菌褶棕黑色。此为最常见者：菌行称之为“黑片蘑”，价贱，但口蘑香味仍甚浓。北京涮羊肉的“锅底”、浇豆腐脑的羊肉卤以及“炸丸子开锅”的汤里，放的都是黑片蘑。

白蘑：白蘑较小（黑蘑有大如碗口的），菌盖、菌褶都是白色。白蘑少，不易采到，味极鲜。我曾在沽源采到一枚白蘑，干制后带回北京，一只白蘑做了一大碗汤，全家人喝了，都说比鸡汤还鲜。

鸡腿子：菌把粗长，近根部鼓起，状如鸡腿。

青腿子：形状似鸡腿子，但微绿。干制后亦只是灰白色，几与鸡腿子无异。

鸡腿子、青腿子很少见，即张家口口蘑庄号中也不易买到。我画过，没有吃过。

此外还有“庙自行”“蘑菇丁”……那都是商号巧立名目，只是初出即采得、未开伞者，不是特别的品种。

口蘑采得，即须穿线晾干，否则极易生蛆。口蘑干制后方有香味，我吃过自采的鲜口蘑，一点也不香，这也很奇怪。

口蘑宜重荤大油（制素什锦只用香菇，少有用口蘑者）。《老残游记》提到口蘑炖鸭，自是佳品。我曾在沽源吃过口蘑羊肉哨子蘸莜面，三者相得益彰，为平生难忘的一次口福。在呼和浩特一家饭馆吃过一盘炒口蘑，极滑润，油皆透入口蘑片中，盖以慢火炒成，虽名为炒，实是油焖。即使是口蘑炝豆腐，亦须荤汤，方出味。

手把羊肉

到了内蒙，不吃几回手把羊肉，算是白去了一趟。

到了草原，进蒙古包做客，主人一般总要杀羊。蒙古人是非常好客的。进了蒙古包，不论识与不识，坐下来就可以吃喝。有人骑马在草原上漫游，身上只背了一只羊腿。到了一家，主人把这只羊腿解下来。客人吃喝一晚，第二天上路时，主人给客人换一只新鲜羊腿，背着。有人就这样走遍几个盟旗，回家，依然带着一只羊腿。蒙古人诚实，家里有什么，都端出来。客人醉饱，主人才高兴。你要是虚情假意地客气一番，他会生气的。这种风俗的形成，和长期的游牧生活有关。一家子住在大草原上，天苍苍，野茫茫，多见牛羊少见人，他们很盼望来一位远方的客人谈谈说说。一坐下来，先是喝奶茶，吃奶食。奶茶以砖茶熬成，加奶，加盐。这种略带咸味的奶茶香港人大概是喝不惯的，但为蒙古人所不可或缺。奶食有奶皮子、奶豆腐、奶渣子。这时候，外面已经有人动手杀羊了。

蒙古人杀羊极利索。不用什么利刃，就是一把普通的折刀就行了。一会儿的工夫，一只整羊剔剥出来了。羊皮晾在草地上，羊肉已经进了锅。杀了羊，草地上连一滴血都不沾。羊血和内脏喂狗。蒙古狗极高大凶猛，样子怕人，跑起来后爪搭至前爪之前，能追吉普车！

手把羊肉就是白煮的带骨头的大块羊肉。一手攥着，一手用蒙古刀切割着吃。没有什么调料，只有一碗盐水，可以蘸蘸。这样的吃法，要有一点技巧。蒙古人能把一块肉搜剔得非常干净，吃完，只剩下一块雪白的骨头，连一丝肉都留不下。咱们吃了，总要留下一些筋头把脑。蒙古人一看就知道：这不是一个牧民。

吃完手把肉，有时也用羊肉汤煮一点挂面。蒙古人不大吃粮食，他们早午喝奶茶时吃一把炒米，——黄米炒熟了，晚饭有时吃挂面。蒙古人买挂面不是论斤，而是一车一车地买。蒙古人搬家，——转移牧场，总有几辆勒勒车——牛车。牛车上有的装的是毛毯被褥，有一车装的是整车的挂面。蒙古人有时也吃烙饼，牛奶和的，放一点发酵粉，极香软。

我们在达茂旗吃了一次“羊贝子”，羊贝子即全羊。这是招待贵客才设的。整只的羊，在水里煮四十五分钟就上来了。吃羊贝子有一套规矩。全羊趴在一个大盘子里，羊蹄剁掉了，羊头切下来放在羊的颈部，先得由最尊贵的客人，用刀子切下两条一定部位的肉，斜十字搭在羊的脊背上，然后，羊头撤去，其他客人才能拿起刀来各选自己爱吃的部位片切了吃。我们同去的人中有的对羊贝子不敢领教。因为整只的羊才煮四十五分钟，有的地方一刀切下去，会沁出血来。本人则是“照吃不误”。好吃吗？好吃极了！鲜嫩无比，人间至味。蒙古人认为羊肉煮老了不好吃，也不好消化；带一点生，没有关系。

我在新疆吃过哈萨克族的手把肉，肉块切得较小，和面条同煮，吃时用右手抓了羊肉和面条同时入口，风味与内蒙的不同。

韭菜花

自题小像

近事模糊远事真，
双眸犹幸未全昏。
衰年变法谈何易，
唱罢莲花又一春。

五代杨凝式是由唐代的颜柳欧褚到宋四家苏黄米蔡之间的一个过渡人物。我很喜欢他的字。尤其是《韭花帖》。不但字写得好，文章也极有风致。文不长，录如下：

昼寝乍兴，朝饥正甚，忽蒙简翰，猥赐盘飧。当一叶报秋之初，乃韭花逞味之始。助其肥羜实谓珍馐。充腹之余，铭肌载切。谨修状陈谢，伏惟鉴察，谨状。

七月十一日　凝式状

使我兴奋的是：

一、韭花见于法帖，此为第一次，也许是惟一的一次。此帖即以“韭花”名，且文字完整，全篇可读，读之如今人语，至为亲切。我读书少，觉韭花见之于“文学作品”，这也是头一回。韭菜花这样的虽说极平常，但极有味的东西，是应该出现在文学作品里的。

二、杨凝式是梁、唐、晋、汉、周五朝元老，官至太子太保。是个“高干”，但是收到朋友赠送的一点韭菜花，却是那样的感激，正儿八经地写了一封信（杨凝式多作草书，黄山谷说：“谁知洛阳杨风子，下笔便到乌丝阑”，《韭花帖》却是行楷），这使我们想到这位太保在口味上和老百姓的离脱不大。彼时亲友之间的馈赠，也不过是韭菜花这样的东西。今天，恐怕是不行的了。

三、这韭菜花不知道是怎样做成的，是清炒的，还是腌制的？但是看起来是配着羊肉一起吃的。“助其肥羜”，“羜”是出生五个月的小羊，杨凝式所吃的未必真是五个月的羊羔子，只是因为《诗·小雅·伐木》有“既有肥羜”的成句，就借用了吧。但是以韭花与羊肉同食，却是可以肯定的。北京现在吃涮羊肉，缺不了韭菜花，或以为这办法来自蒙古或西域回族，原来中国五代时已经有了。杨凝式是陕西人，以韭菜花蘸羊肉吃，盖始于中国西北诸省。

北京的韭菜花是腌了后磨碎了的，带汁。除了是吃涮羊肉必不可少的调料外，就这样单独地当咸菜吃也是可以的。熬一锅虾米皮大白菜，佐以一碟韭菜花，或臭豆腐，或卤虾酱，就着窝头、贴饼子，在北京的小家户，就是一顿不错的饭食。从前在科班里学戏，给饭吃，但没有菜。韭菜花、青椒糊、酱油，拿开水在大木桶里一沏，这就是菜。韭菜花很便宜，拿一只空碗，到油盐店去，三分钱、五分钱，售货员就能拿铁勺子舀给你多半勺。现在都改成用玻璃瓶装，不卖零，一瓶要一块多钱，很贵了。

过去有钱的人家自己腌韭菜花，以韭花和沙果、京白梨一同治为碎齑，那就很讲究了。

云南的韭菜花和北方的不一样。昆明韭菜花和曲靖韭菜花不同。昆明韭菜花是用酱腌的，加了很多辣子。曲靖韭菜花是白色的，乃以韭花和切得极细的、风干了的苤蓝丝同腌成，很香，味道不很咸而有一股说不出来淡淡的甜味。曲靖韭菜花装在一个浅白色的茶叶筒似的陶罐里。凡到曲靖的，都要带几罐送人。我常以为曲靖韭菜花是中国咸菜里的“神品”。

我的家乡是不懂得把韭菜花腌了来吃的，只是在韭花还是骨朵儿，尚未开放时，连同掐得动的嫩薹，切为寸段，加瘦猪肉，炒了吃，这是“时菜”，过了那几天，菜薹老了，就没法吃了，做虾饼，以爆炒的韭菜花骨朵儿衬底，美不可言。

食豆饮水斋闲笔

豌　豆

在北市口卖熏烧炒货的摊子上，和我写的小说《异秉》里的王二的摊子上，都能买到炒豌豆和油炸豌豆。二十文（两枚当十的铜元）即可买一小包，撒一点盐，一路上吃着往家里走，到家门口，也就吃完了。

离我家不远的越塘旁边的空地上，经常有几副卖零吃的担子。卖花生糖的。大粒去皮的花生仁，炒熟仍是雪白的，平摊在抹了油的白石板上，冰糖熬好，均匀地浇在花生米上，候冷，铲起。这种花生糖晶亮透明，不用刀切，大片，放在玻璃匣里，要买，取出一片，现约，论价。冰糖极脆，花生很香。卖豆腐脑的。我们那里的豆腐脑不像北京浇口蘑渣羊肉卤，只倒一点酱油、醋，加一滴麻油——用一只一头缚着一枚制钱的筷子，在油壶里一蘸，滴在碗里，真正只有一滴。但是加很多样零碎佐料：小虾米、葱花、蒜泥、榨菜末、药芹末——我们那里没有旱芹，只有水芹即药芹，我很喜欢药芹的气味。我觉得这样的豆腐脑清清爽爽，比北京的勾芡的黏黏糊糊的羊肉卤的要好吃。卖糖豌豆粥的。香粳晚米和豌豆一同在铜锅中熬熟，盛出后加洋糖（绵白糖）一勺。夏日于柳荫下喝一碗，风味不恶。我离乡五十多年，至今还记得豌豆粥的香味。

北京以豌豆制成的食品，最有名的是“豌豆黄”。这东西其实制法很简单，豌豆熬烂，去皮，澄出细沙，加少量白糖，摊开压扁，切成 5 寸 ×3 寸的长方块，再加刀割出四方小块，分而不离，以牙签扎取而食。据说这是“宫廷小吃”，过去是小饭铺里都卖的，很便宜，现在只仿膳这样的大餐馆里有了，而且卖得很贵。

夏天连阴雨天，则有卖煮豌豆的。整粒的豌豆煮熟，加少量盐，搁两个大蒜瓣在浮头上，用豆绿茶碗量了卖。

虎坊桥有一个傻子卖煮豌豆，给得多。虎坊桥一带流传一句歇后语：“傻子的豌豆——多给”。北京别的地区没有这样的歇后语。想起煮豌豆，就会叫人想起北京夏天的雨。

早年前有磕豌豆模子的。豌豆煮成泥，摁在雕成花样的木模子里，磕出来，就成了一个一个小玩意儿，小猫、小狗、小兔、小猪。买的都是孩子，也玩了，也吃了。

以上说的是干豌豆。新豌豆都是当菜吃。烩豌豆是应时当令的新鲜菜。加一点火腿丁或鸡茸自然很好，就是素烩，也极鲜美。烩豌豆不宜久煮，久煮则汤色发灰，不透亮。

全国兴起了吃荷兰豌豆也就近几年的事。我吃过的荷兰豆以厦门为最好，宽大而嫩。厦门的汤米粉中都要加几片荷兰豆，可以解海鲜的腥味。北京吃的荷兰豆都是从南方运来的。我在厦门郊区的田里看到正在生长着的荷兰豆，搭小架，水红色的小花，嫩绿的叶子，嫣然可爱。

豌豆的嫩头，我的家乡叫豌豆头，但将“豌”字读成“安”。云南叫豌豆尖，四川叫豌豆颠。我的家乡一般都是油盐炒食。云南、四川加在汤面上面。叫做“飘”或“青”。不要加豌豆苗，叫“免飘”；“多青重红”则是多要豌豆苗和辣椒。吃毛肚火锅，在涮了各种荤料后，浓汤中推进一大盘豌豆颠，美不可言。

豌豆可以入画。曾在山东看到钱舜举的册页，画的是豌豆，不能忘。钱舜举的画设色娇而不俗，用笔稍细而能潇洒，我很喜欢。见过一幅日本竹内栖凤的画，豌豆花，叶颜色较钱舜举尤为鲜丽，但不知道为什么在豌豆前面画了一条赭色的长蛇，非常逼真。是不是日本人觉得蛇也很美？

绿　豆

绿豆在粮食里是最重要的。一麻袋绿豆二百七十斤，非壮劳力扛不起。

绿豆性凉，夏天喝绿豆汤、绿豆粥、绿豆水饭，可祛暑。

绿豆的最大用途是做粉丝。粉丝好像是中国的特产，外国名之曰玻璃面条。常见的粉丝的吃法是下在汤里。华侨很爱吃粉丝，大概这会引起他们的故国之思，每年国内要运销大量粉丝到东南亚各地，一律称为“龙口细粉”，华侨多称之为“山东粉”。我有个亲戚，是闽籍马来西亚归侨，我在她家吃饭，她在什么汤里都必放两样东西，粉丝和榨菜。苏南人爱吃“油豆腐线粉”，是小吃，乃以粉丝及豆腐泡下在冬菇扁尖汤里。午饭已经消化完了，晚饭还不到时候，吃一碗油豆腐线粉，蛮好。北京的镇江馆子森隆以前有一道菜，银丝牛肉：粉丝温油炸脆，浇宽汁小炒牛肉丝，哧啦有声。不知这是不是镇江菜。做银丝牛肉的粉丝必须是纯绿豆的，否则易于焦糊。我曾在自己家里做过一次，粉丝大概掺了不知别的什么东西，炸后成了一团黑炭。“蚂蚁上树”原是四川菜，肉末炒粉丝。有一个剧团的伙食办得不好，演员意见很大。剧团的团长为了关心群众生活，深入到食堂去亲自考察，看到菜牌上写的菜名有“蚂蚁上树”，说：“啊呀，伙食是有问题，蚂蚁怎么可以吃呢？”这样的人怎么可以当团长呢？

绿豆轧的面条叫“杂面”。《红楼梦》里尤三姐说：“咱们清水下杂面，你吃我看。”或说杂面要下在羊肉汤里，清水下杂面是说没有吃头的。究竟这句话是什么意思，我还不太明白。不过杂面是要有点荤汤的，素汤杂面我还没有吃过。那么，吃长斋的人是不吃杂面的？

凉粉皮原来都是绿豆的，现在纯绿豆的很少，多是杂豆的。大块凉粉则是白薯粉的。

凉粉以川北凉粉为最好，是豌豆粉，颜色是黄的。川北凉粉放很多油辣椒，吃时嘴里要嘘嘘出气。

广东人爱吃绿豆沙。昆明正义路南头近金碧路处有一家广东人开的甜品店，卖绿豆沙、芝麻糊和番薯糖水。绿豆沙、芝麻糊都好吃，番薯糖水则没有多大意思。

绿豆糕以昆明的吉庆祥和苏州采芝斋最好，油重，且加了玫瑰花。北京的绿豆糕不加油，是干的，吃起来噎人。我有一阵生胆囊炎，不宜吃油，买了一盒回来，我的孙女很爱吃，一气吃了几块，我觉得不可理解。

黄　豆

豆叶在古代是可以当菜吃的，吃法想必是做羹。后来就没有人吃了，没有听说过有人吃凉拌豆叶、炒豆叶、豆叶汤。

我们那里，夏天，家家都要吃几次炒毛豆，加青辣椒。中秋节煮毛豆供月，带壳煮。我父亲会做一种毛豆：毛豆剥出粒，与小青椒（不切）同煮，加酱油、糖，候豆熟收汤，摊在筛子里晾至半干，豆皮起皱，收入小坛。下酒甚妙，做一次可以吃几天。

北京的小酒馆里盐水煮毛豆，有的酒馆是整棵地煮的，不将豆荚剪下，酒客用手摘了吃，似比装了一盘吃起来更香。

香椿豆甚佳，香椿嫩头在开水中略烫，沥去水，碎切，加盐；毛豆加盐煮熟，与香椿同拌匀，候冷，贮之玻璃瓶中，隔日取食。

北京人吃炸酱面，讲究的要有十几种菜码，黄瓜丝、小萝卜、青蒜……还得有一撮毛豆或青豆。肉丁（不用副食店买的绞肉末）炸酱与青豆同嚼，相得益彰。

北京人炒麻豆腐要放几个青豆嘴儿——青豆发一点芽。

三十年前北京稻香村卖熏青豆，以佐茶甚佳。这种豆大概未必是熏的，只是加一点茴香，入轻盐煮后晾成的。皮亦微皱，不软不硬，有咬劲。现在没有了，想是因为费工而利薄，熏青豆是很便宜的。

江阴出粉盐豆。不知怎么能把黄豆发得那样大，长可半寸，盐炒，豆不收缩，皮色发白，极酥松，一嚼即成细粉，故名粉盐豆。味甚隽，远胜花生米。吃粉盐豆，喝百花酒，很相配。我那时还不怎么会喝酒，只是喝白开水。星期天，坐在自修室里，喝水，吃豆，读李清照、辛弃疾词，别是一番滋味。我在江阴南菁中学读过两年，星期天多半是这样消磨过去的。前年我到江阴寻梦，向老同学问起粉盐豆，说现在已经没有了。

稻香村、桂香村、全素斋等处过去都卖笋豆。黄豆、笋干切碎，加酱油、糖煮。现在不大见了。

三年自然灾害时，对十七级干部有一点照顾，每月发几斤黄豆、一斤白糖，叫做“糖豆干部”。我用煮笋豆法煮之，没有笋干，放一点口蘑。口蘑是我在张家口坝上自己采得晒干的。我做的口蘑豆自家吃，还送人。曾给黄永玉送去过。永玉的儿子黑蛮吃了，在日记里写道：“黄豆是不好吃的东西，汪伯伯却能把它做得很好吃，汪伯伯很伟大！”

炒黄豆芽宜烹糖醋。

黄豆芽吊汤甚鲜。南方的素菜馆、供素斋的寺庙，都用豆芽汤取鲜。有一老饕在一个庙里吃了素斋，怀疑汤里放了虾籽包，跑到厨房里去验看，只见一口大锅里熬着一锅黄豆芽和香菇蒂的汤。黄豆芽汤加酸雪里蕻，泡饭甚佳。此味北人不解也。

黄豆对中国人民最大的贡献是能做豆腐及各种豆制品。如果没有豆腐，中国人民的生活将会缺一大块，和尚、尼姑、素菜馆的大师傅就通通“没戏”了。素菜除了冬菇、口蘑、金针、木耳、冬笋、竹笋，主要是靠豆腐、豆制品。素这个，素那个，只是豆制品变出的花样而已。关于豆腐，应另写专文，此不及。

扁　豆

我们那一带的扁豆原来只有北京人所说的“宽扁豆”的那一种，郑板桥写过一副对联：“一庭春雨瓢儿菜，满架秋风扁豆花”，指的当是这种扁豆。这副对子写的是尚可温饱的寒士家的景况，有钱的阔人家是不会在庭院里种菜种扁豆的。扁豆有紫花和白花的两种，紫花的较多，白花的少。郑板桥眼中的扁豆花大概是紫的。紫花扁豆结的豆角皮色亦微带紫，白花扁豆则是浅绿色的。吃起来味道都差不多。惟入药用，则必为“白扁豆”，两种扁豆药性可能不同。扁豆初秋即开花，旋即结角，可随时摘食。板桥所说“满架秋风”给人的感觉是已是深秋了。画扁豆花的画家喜欢画一只纺织娘，这是一个季节的东西。暑尽天凉，月色如水，听纺织娘在扁豆架上沙沙地振羽，至有情味。北京有种红扁豆的，花是大红的，豆角则是深紫红的。这种红扁豆似没人吃，只供观赏。我觉得这种扁豆红得不正常，不如紫花、白花有韵致。

北京通常所说的扁豆，上海人叫四季豆。我的家乡原来没有，现在有种的了。北京的扁豆有几种，一般的就叫扁豆，有上架的，叫“架豆”。一种叫“棍儿扁豆”，豆角如小圆棍。“棍儿扁豆”字面自相矛盾，既似棍儿，不当叫扁。有一种豆角较宽而甚嫩的，叫“闷儿豆”，我想是“眉豆”的讹读。北京人吃扁豆无非是焯熟凉拌，炒，或焖。“焖扁豆面”挺不错。扁豆焖熟，加水，面条下在上面，面熟，将扁豆翻到上面来，再稍焖，即得。扁豆不管怎么做，总宜加蒜。

我在泰山顶上一个招待所里吃过一盘炒棍儿扁豆，非常嫩。平生所吃扁豆，此为第一。能在泰山顶上吃到，尤为难得。

芸　豆

我在昆明吃了几年芸豆。西南联大的食堂里有几个常吃的菜：炒猪血（云南叫“旺子”），炒莲花白（即北京的圆白菜、上海的卷心菜、张家口的疙瘩白），灰色的魔芋豆腐……几乎每天都有的是煮芸豆。府甬道菜市上有卖芸豆的，盐煮，我们有时买了当零嘴吃，因为很便宜。芸豆有红的和白的两种，我们在昆明吃的是红的。

北京小饭铺里过去有芸豆粥卖，是白芸豆。芸豆粥粥汁甚黏，好像勾了芡。

芸豆卷和豌豆黄一样，也是“宫廷小吃”。白芸豆煮成沙，入糖，制为小卷。过去北海漪澜堂茶馆里有卖，现在不知还有没有。

在乌鲁木齐逛“巴扎”，见白芸豆极大，有大拇指头顶儿那样大，很想买一点。但是数千里外带一包芸豆回北京，有点“神经”，遂作罢。

红小豆

红小豆上海叫赤豆：赤豆汤，赤豆棒冰。北京叫小豆：小豆粥，小豆冰棍。我的家乡叫红饭豆，因为可掺在米里蒸成饭。

红小豆最大的用途是做豆沙。北方的豆沙有不去皮的，只是小豆煮烂而已。豆包、炸糕的馅都是这样的粗制豆沙。水滤去皮，成为细沙，北方叫“澄沙”，南方叫“洗沙”。做月饼、甜包、汤圆，都离不开豆沙。豆沙最能吸油，故宜作馅。我们家大年初一早起吃汤圆，洗沙是年前就用大量的猪油拌了，每天在饭锅头上蒸一次，沙色紫得发黑，已经吸足了油。我们家的汤圆又很大，我能吃两三个，一咬一嘴油。

四川菜有夹沙肉，乃肥多瘦少的带皮臀肩肉整块煮至六七成熟，捞出，稍凉后，切成厚二三分的大片，两片之间肉皮不切通，中夹洗沙，上笼蒸扒。这道菜是放糖的，很甜。肥肉已经脱了油，吃起来不腻。但也不能多吃，我只能来两片。我的儿子会做夹沙肉，每次都很成功。

豇豆

我小时最讨厌吃豇豆，只有两层皮，味道寡淡。后来北京，岁数大了，觉得豇豆也还好吃。人的口味是可以变的。比如我小时不吃猪肺，觉得泡泡囊囊的，嚼起来很不舒服。老了，觉得肺头挺好吃，于老人牙齿甚相宜。

嫩豇豆切寸段，入开水锅焯熟，以轻盐稍腌，滗去盐水，以好酱油、镇江醋、姜、蒜末同拌，滴香油数滴，可以“渗”酒。炒食亦佳。

河北省酱菜中有酱豇豆，别处似没有。北京的六必居、天源，南方扬州酱菜中都没有。保定酱豇豆是整根酱的，甚脆嫩，而极咸。河北人口重，酱菜无不甚咸。

豇豆米老后，表皮光洁，淡绿中泛浅紫红晕斑。瓷器中有一种“豇豆红”就是这种颜色。曾见一豇豆红小石榴瓶，莹润可爱。中国人很会为瓷器的釉色取名，如“老僧衣”“芝麻酱”“茶叶末”，都甚肖。

附录

• 家常酒菜

• 吃食和文学

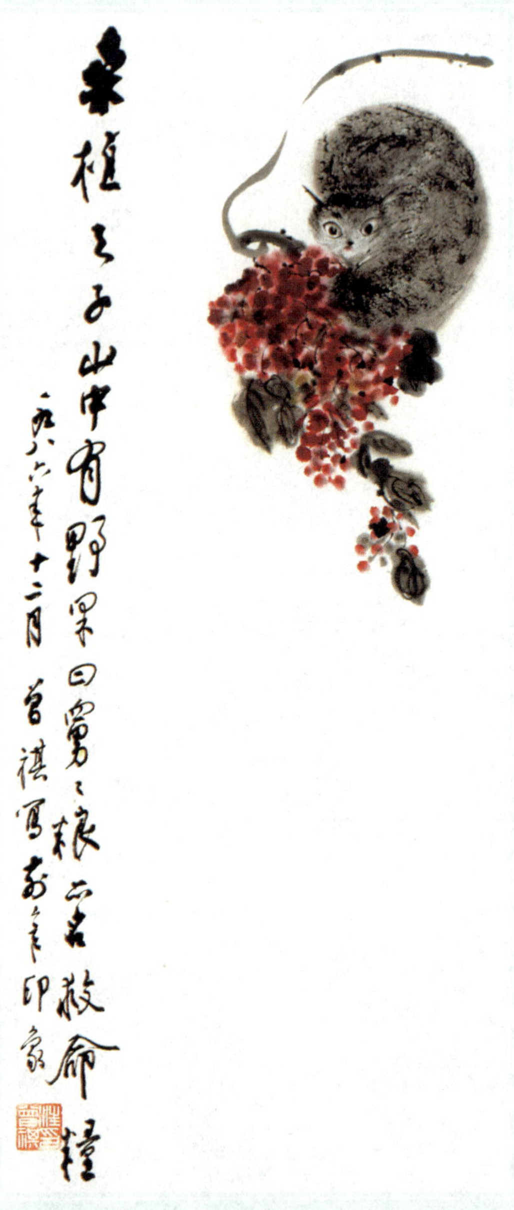

桑植天子山中有野果曰舅舅粮，亦名救命粮
一九八六年十二月　曾祺写前年印象

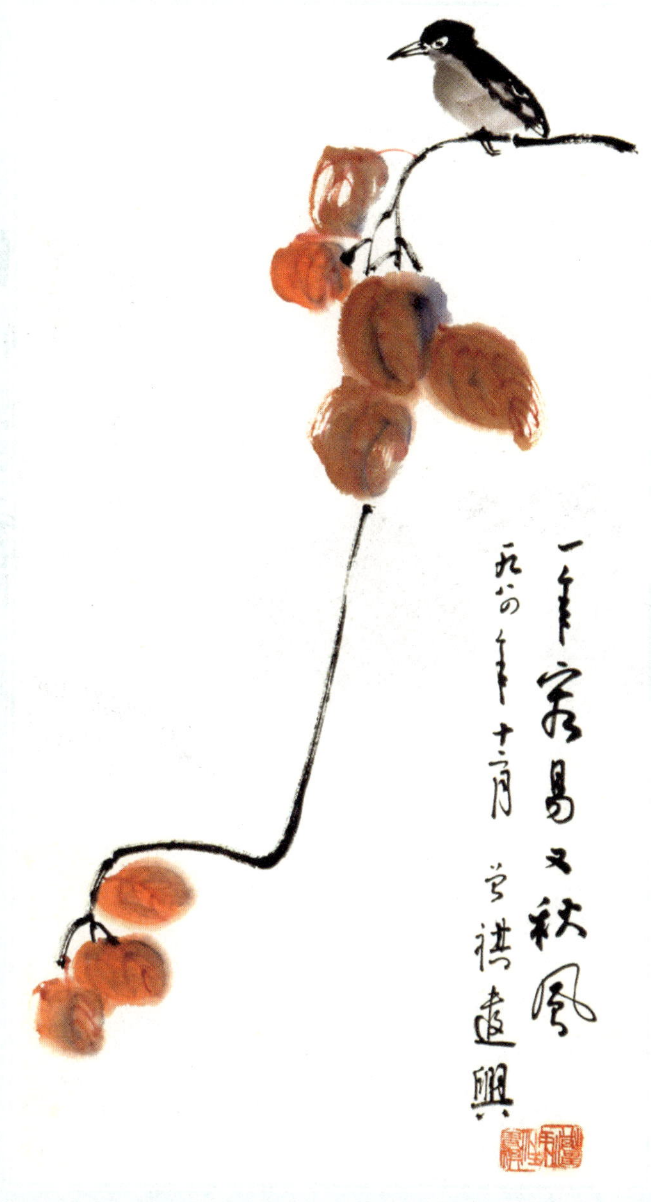

一年容易又秋风

一九八四年十二日　曾祺遣兴

吾乡有红萝卜、白萝卜、无青萝卜
八五年十一月廿二日记

有条皆曲，无瓣不垂
丙子秋　曾祺

明日将往成都

一九九七四月廿四日

喜迎香港回归

一九九七年五月　汪曾祺

为杨揚画其外公园中蝴蝶花
曾祺　丁丑

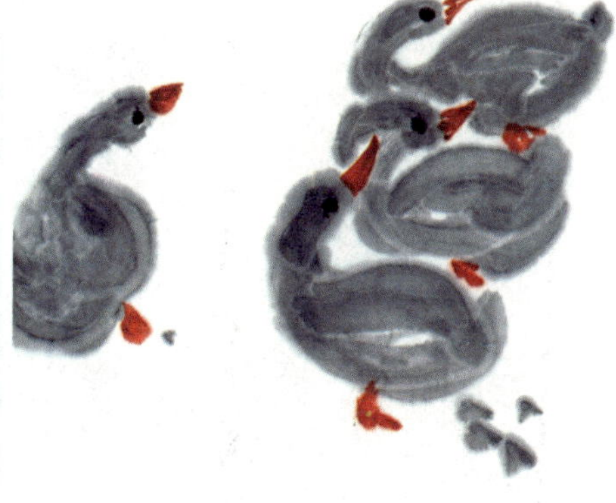

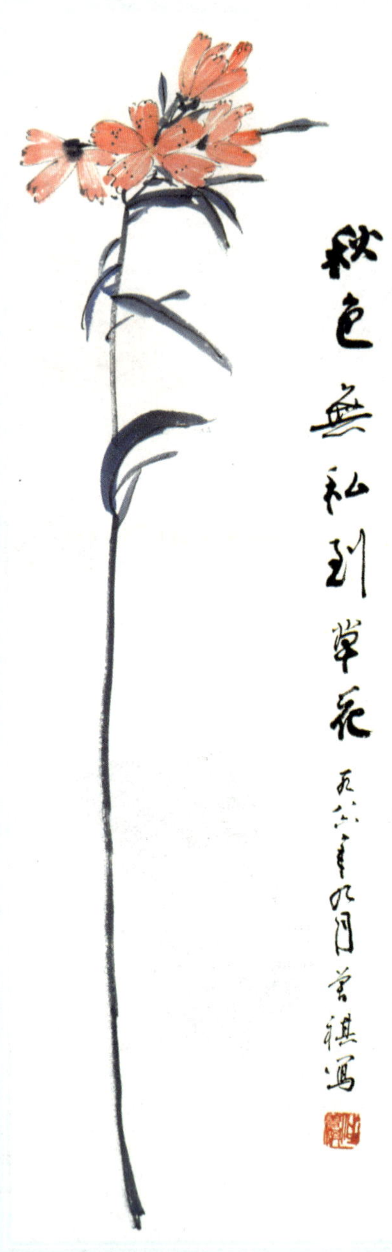

秋色无私到草花

一九八六年九月　曾祺写

岁朝图

我家废园有大腊梅花数株，每于雪后摘腊梅朵以花丝穿缀配以天竺果一二颗奉祖母插戴

书被催成墨未浓

一九八六年三月　曾祺

家常酒菜

家常酒菜，一要有点新意，二要省钱，三要省事。偶有客来，酒喝思饮。主人卷袖下厨，一面切葱姜，调佐料，一面仍可陪客人聊天，显得从容不迫，若无其事，方有意思。如果主人手忙脚乱，客人坐立不安，这酒还喝个什么劲！

拌菠菜

拌菠菜是北京大酒缸最便宜的酒菜。菠菜焯熟，切为分段，加一勺芝麻酱、蒜汁，或要芥末，随意。过去（一九四八年以前）才三分钱一碟。现在北京的大酒缸已经没有了。

我做的拌菠菜稍为细致。菠菜洗净，去根，在开水锅中焯至八成熟（不可盖锅煮烂），捞出，过凉水，加一点盐，剁成菜泥，挤去菜汁，以手在盘中抟成宝塔状。先碎切香干（北方无香干，可以熏干代），如米粒大，泡好虾米，切姜末、青蒜末。香干末、虾米、姜末、青蒜末，手捏紧，分层堆在菠菜泥上，如宝塔顶。好酱油、香醋、小磨香油及少许味精在小碗中调好。菠菜上桌，将调料轻轻自塔顶淋下。吃时将宝塔推倒，诸料拌匀。

这是我的家乡制拌枸杞头、拌荠菜的办法。北京枸杞头不入馔，荠菜不香。无可奈何，代以菠菜。亦佳。清馋酒客，不妨一试。

拌萝卜丝

小红水萝卜，南方叫“杨花萝卜”，因为是杨花飘时上市的。洗净，去根须，不可去皮。斜切成薄片，再切成细丝，愈细愈好。少加糖，略腌，即可装盘，青红嫩白，颜色可爱。扬州有一种菊花，即叫“萝卜丝”。临吃，浇以三合油（酱油、醋、香油）。

或加少量海蜇皮细丝同拌，尤佳。

家乡童谣曰：“人之初，鼻涕拖，油炒饭，拌萝菠”，可见其普遍。

若无小水萝卜，可以心里美或卫青代，但不如杨花萝卜细嫩。

干　丝

干丝是扬州菜。北方买不到的那种质地紧密，可以片薄片、切细丝的方豆腐干，可以豆腐片代。但须选色白，质紧，片薄者。切极细丝，以凉水拔二三次，去盐卤味及豆腥气。

拌干丝。拔后的豆腐片细丝入沸水中煮两三开，捞出，沥去水，置浅汤碗中。青蒜切寸段，略焯，虾米发透，并堆置豆腐丝上。五香花生米搓去皮膜，撒在周围。好酱油、小磨香油，醋（少量），淋入，拌匀。

煮干丝。鸡汤或骨头汤煮。若无鸡汤骨汤，用高压锅煮几片肥瘦肉取汤亦可，但必须有荤汤，加火腿丝、鸡丝。亦可少加冬菇丝、笋丝。或入虾仁、干贝，均无不可。欲汤白者入盐。或稍加酱油（万不可多），少量白糖，则汤色微红。拌干丝宜素，要清爽；煮干丝则不厌浓厚。

无论拌干丝、煮干丝，都要加姜丝，多多益善。

扦瓜皮

黄瓜（不太老即可）切成寸段，用水果刀从外至内旋成薄条，如带，成卷。剩下带籽的瓜心不用，酱油、糖、花椒、大料、桂皮、胡椒（破粒）、干红辣椒（整个）、味精、料酒（不可缺）调匀。将扦好的瓜皮投入料汁，不时以筷子翻动，使瓜皮沾透料汁，腌约一小时，取出瓜皮装盘。先装中心，然后以瓜皮面朝外，层层码好，如一小坟头，仍以所余料汁自坟顶淋下。扦瓜皮极脆，嚼之有声，诸味均透，仍有瓜香。此法得之海拉尔一曾治过国宴的厨师。一盘瓜皮，所费不过四五角钱耳。

炒苞谷

昆明菜。苞谷即玉米。嫩玉米剥出粒，与瘦猪肉同炒，少放盐。略用葱花煸锅亦可，但葱花不能煸得过老，如成黑色，即不美观。不宜用酱油，酱油会掩盖苞谷的清香。起锅时可稍烹水，但不能多，多则成煮苞谷矣！我到菜市买玉米，挑嫩的，别人都很奇怪：

“挑嫩的干什么？”——“炒肉。”——“玉米能炒了吃？”北京人真是少见多怪。

松花蛋拌豆腐

北豆腐入开水焯过，俟冷，切为小骰子块，加少许盐。松花蛋（要腌得较老的），亦切为骰子块，与豆腐同拌。老姜在蒜臼中捣烂，加水，滗去渣，淋入。不宜用姜米，亦不加醋。

芝麻酱拌腰片

拌腰片要领：一、先不要去腰臊，只用快刀两面平片，剩下腰臊即可扔掉。如先将腰子平剖两半，剥出腰臊，再用平刀片，则腰片易残破不整。二、腰片须用凉水拔，频频换水，至腰片血水排净，方可用。三、焯腰片要锅大水多。等水大开，将腰片推下，旋即用笊篱抄出，不可等腰片复开。将第一次焯腰片的水泼去，洗净锅，再坐锅，水大开，将焯过一次的腰片投入再焯，旋即捞出，放凉水盆中。两次焯，则腰片已熟，而仍脆嫩。如一次焯，待腰片大开，即成煮矣。腰片凉透，挤去水，入盘，浇以芝麻酱、剁碎的郫县豆瓣、葱末、姜米、蒜泥。

拌里脊片

以四川制水煮牛肉法制猪肉，亦可。里脊或通脊斜切薄片，以芡粉抓过。烧开水一锅，投入肉片，以笊篱翻拢，至肉片变色，即可捞出，加调料。如热吃，即可倾入水煮牛肉的调料：郫县豆瓣（剁碎）炒至出香味，加酱油、少量糖、料酒。最后撒碾碎的生花椒、芝麻。焯过肉的汤，撇去浮沫，可做一个紫菜汤。

塞馅回锅油条

油条两股拆开，切成寸半长的小段。拌好猪肉（肥瘦各半）馅。馅中加盐、葱花、姜末，加少量榨菜末或酱瓜末、川冬菜末，亦可。用手指将油条小段的窟窿捅通，将肉馅塞入，逐段下油锅炸至油条挺硬，肉馅已熟，捞出装盘。此菜嚼之酥脆。油条中有矾，略有涩味，比炸春卷味道好。

这道菜是本人首创，为任何菜谱所不载。很多菜都是馋人瞎琢磨出来的。

其他酒菜

凤尾鱼，广东香肠，市场可以买到；茶叶蛋、油炸花生米、五香煮栗子、煮毛豆，人人会做；盐水鸭、水晶肘子，做起来太费事，皆不及。

一九八七年七月二十五日

吃食和文学

咸菜和文化

偶然和高晓声谈起“文化小说”，晓声说：“什么叫文化？——吃东西也是文化。”我同意他的看法。这两天自己在家里腌韭菜花，想起咸菜和文化。

咸菜可以算是一种中国文化。西方似乎没有咸菜。我吃过“洋泡菜”，那不能算咸菜。日本有咸菜，但不知道有没有中国这样盛行。“文革”前《福建日报》登过一则猴子腌咸菜的新闻，一个新华社归侨记者用此材料写了一篇对外的特稿：《猴子会腌咸菜吗？》被批评为“资产阶级新闻观点”。——为什么这就是资产阶级新闻观点呢？猴子腌咸菜，大概是跟人学的。于此可以证明咸菜在中国是极为常见的东西。中国不出咸菜的地方大概不多。各地的咸菜各有特点，互不雷同。北京的水疙瘩、天津的津冬菜、保定的春不老。“保定有三宝，铁球、面酱、春不老”，我吃过苏州的春不老，是用带缨子的很小的萝卜腌制的，腌成后寸把长的小缨子还是碧绿的，极嫩，微甜，好吃，名字也起得好。保定的春不老想也是这样的。周作人曾说他的家乡经常吃的是咸极了的咸鱼和咸极了的咸菜。鲁迅《风波》里写的蒸得乌黑的干菜很诱人。腌雪里蕻南北皆有。上海人爱吃咸菜肉丝面和雪笋汤。云南曲靖的韭菜花风味绝佳。曲靖韭菜花的主料其实是细切晾干的萝卜丝，与北京作为吃涮羊肉的调料的韭菜花不同。贵州有冰糖酸，乃以芥菜加醪糟、辣子腌成。四川咸菜种类极多，据说必以自流井的粗盐腌制乃佳。行销（真是“行销”）全国，远至海外（有华侨的地方），堪称咸菜之王的，应数榨菜。朝鲜辣菜也可以算是咸菜。延边的腌蕨菜北京偶有卖的，人多不识。福建的黄萝卜很有名，可惜未曾吃过。我的家乡每到秋末冬初，多数人家都腌萝卜干。到店铺里学徒，要“吃三年萝卜干饭”，言其缺油水也。中国咸菜多矣，此不能备载。如果有人写一本《咸菜谱》，将是一本非常有意思的书。

咸菜起于何时，我一直没有弄清楚。古书里有一个“菹”字，我少时曾以为是咸菜。后来看《说文解字》，菹字下注云：“酢菜也”，不对了。汉字凡从酉者，都和酒有点关系。酢菜现在还有。昆明的“茄子酢”、湖南乾城的“酢辣子”，都是密封在坛子里使酒化了的，吃起来都带酒香。这不能算是咸菜。有一个虀字，则确乎是咸菜了。这是切碎了腌的，这东西的颜色是发黄的，故称“黄虀”。腌制得法，“色如金钗般”云。我无端地觉得，这恐怕就是酸雪里蕻。虀似乎不是很古的东西。这个字的大量出现好像是在宋人的笔记和元人的戏曲里。这是穷秀才和和尚常吃的东西。“黄虀”成了嘲笑秀才和和尚，亦为秀才和和尚自嘲的常用的话头。中国咸菜之多，制作之精，我以为跟佛教有一点关系。佛教徒不茹荤，又不一定一年四季都能吃到新鲜蔬菜，于是就在咸菜上打主意。我的家乡腌咸菜腌得最好的是尼姑庵。尼姑到相熟的施主家去拜年，都要备几色咸菜。关于咸菜的起源，我在看杂书时还要随时留心，并希望博学而好古的馋人有以教我。

和咸菜相伯仲的是酱菜。中国的酱菜大别起来，可分为北味的与南味的两类。北味的以北京为代表。六必居、天源、后门的

"大葫芦"都很好——"大葫芦"门悬大葫芦为记，现在好像已经没有了。保定酱菜有名，但与北京酱菜区别实不大。南味的以扬州酱菜为代表，商标为"三和""四美"。北方酱菜偏咸，南则偏甜。中国好像什么东西都可以拿来酱。萝卜、瓜、莴苣、蒜苗、甘露、藕，乃至花生、核桃、杏仁，无不可酱。北京酱菜里有酱银苗，我到现在还不知道究竟是什么东西。只有荸荠不能酱。我的家乡不兴到酱园里开口说买酱荸荠，那是骂人的话。

酱菜起于何时，我也弄不清楚。不会很早。因为制酱菜有个前提，必得先有酱——豆制的酱。酱——酱油，是中国一大发明。"柴米油盐酱醋茶"，酱为开门七事之一。中国菜多数要放酱油。西方没有。有一个京剧演员出国，回来总结了一条经验，告诫同行，以后若有出国机会，必须带一盒固体酱油！没有郫县豆瓣，就做不出"正宗川味"，但是中国古代的酱和现在的酱不是一回事。《说文》酱字注云从肉、从酉、爿声。这是加盐、加酒，经过发酵的肉酱。《周礼·天官·膳夫》："凡王之馈，酱用百有二十瓮"，郑玄注："酱，谓醯醢也。"醯，醢，都是肉酱。大概较早出现的是豉，其后才有现在的酱。汉代著作中提到的酱，好像已是豆制的。东汉王充《论衡》："作豆酱恶闻雷"，明确提到的酱好像已是豆制的。东汉王充《论衡》:“作豆酱恶闻雷”，明确提到豆酱。《齐民要术》提到酱油，但其时已至北魏，距现在一千五百多年——当然，这也相当古了。酱菜的起源，我现在还没有查出来，俟诸异日吧。

考查咸菜和酱菜的起源，我不反对，而且颇有兴趣。但是，也不一定非得寻出它的来由不可。

“文化小说”的概念颇含糊。小说重视民族文化，并从生活的深层追寻某种民族文化的“根”，我以为是未可厚非的。小说要有浓郁的民族色彩，不在民族文化里腌一腌、酱一酱，是不成的，但是不一定非得寻得那么远，非得追寻到一种苍苍莽莽的古文化不可。古文化荒邈难稽（连咸菜和酱菜的来源我们还不清楚）。寻找古文化，是考古学家的事，不是作家的事。从食品角度来说，与其考察太子丹请荆轲吃的是什么，不如追寻一下“春不老”；与其查究楚辞里的“蕙肴蒸”，不如品味品味湖南豆豉；与其追溯断发文身的越人怎样吃蛤蜊，不如蒸一碗霉干菜，喝两杯黄酒。我们在小说里要表现的文化，首先是现在的，活着的；其次是昨天的，消逝不久的。理由很简单，因为我们可以看得见，摸得着，尝得出，想得透。

口味·耳音·兴趣

我有一次买牛肉。排在我前面的是一个中年妇女，看样子是个知识分子，南方人。轮到她了，她问卖牛肉的："牛肉怎么做？"我很奇怪，问："你没有做过牛肉？"——"没有。我们家不吃牛羊肉。"——"那您买牛肉——？"——"我的孩子大了，他们会到外地去。我让他们习惯习惯，出去了好适应。"这位做母亲的用心良苦。我于是尽了一趟义务，把她请到一边，讲了一通牛肉做法，从清炖、红烧、咖喱牛肉，直到广东的蚝油炒牛肉、四川的水煮牛肉、干煸牛肉丝……

有人不吃羊肉。我们到内蒙去体验生活。有一位女同志不吃羊肉，——闻到羊肉气味都恶心，这可苦了。她只好顿顿吃开水泡饭，吃咸菜。看见我吃手抓羊肉、羊贝子（全羊）吃得那样香，直生气！

有人不吃辣椒。我们到重庆去体验生活。有几个女演员去吃汤圆，进门就嚷嚷“不要辣椒！”卖汤圆的冷冷地说：“汤圆没有放辣椒的！”

许多东西不吃，“下去”，很不方便。到一个地方，听不懂那里的话，也很麻烦。

我们到湘鄂赣去体验生活。在长沙，有一个同志的鞋坏了去修鞋，鞋铺里不收，“为什么？”——“修鞋的不好过。”——“什么？”——“修鞋的不好过！”我只得给他翻译一下，告诉他修鞋的今天病了，他不舒服。上了井冈山，更麻烦了：井冈山说的是客家话。我们听一位队长介绍情况，他说这里没有人肯当干部，他挺身而出，他老婆反对，说是“辣子毛补，两头秀腐”——“什么什么？”我又得给他翻译：“辣椒没有营养，吃下去两头受苦。”这样一翻译可就什么味道也没有了。

我去看昆曲，“打虎游街”“借茶活捉”……好戏。小丑的苏白尤其传神，我听得津津有味，不时发出笑声。邻座是一个唱花旦的京剧女演员，她听不懂，直着急，老问：“他说什么？

说什么？”我又不能逐句翻译，她很遗憾。

我有一次到民族饭店去找人，身后有几个少女在叽叽呱呱地说很地道的苏州话。一边的电梯来了，一个少女大声招呼她的同伴：“乘面乘面（这边这边）！”我回头一看：说苏州话的是几个美国人！

我们那位唱花旦的女演员在语言能力上比这几个美国少女可差多了。

一个文艺工作者、一个作家、一个演员的口味最好杂一点，从北京的豆汁到广东的塘虱都尝尝（有些吃的我也招架不了，比如贵州的鱼腥草）；耳音要好一些，能多听懂几种方言，四川话、苏州话、扬州话（有些话我也一句不懂，比如温州话）。否则，是个损失。

口味单调一点、耳音差一点，也还不要紧，最要紧的是对生活的兴趣要广一点。

苦瓜是瓜吗?

昨天晚上，家里吃白兰瓜。我的一个小孙女，还不到三岁，一边吃，一边说:“白兰瓜、哈密瓜、黄金瓜、华莱士瓜、西瓜，这些都是瓜。”我很惊奇了:她已经能自己经过归纳，形成“瓜”的概念了(没有人教过她)。这表示她的智力已经发展到了一个重要的阶段。凭借概念，进行思维，是一切科学的基础。她奶奶问她:“黄瓜呢?”她点点头。“苦瓜呢?”她摇摇头。我想:她大概认为“瓜”是可吃的，并且是好吃的(这些瓜她都吃过)。今天早起，又问她:“苦瓜是不是瓜?”她还是坚决地摇了摇头，并且说明她的理由:“苦瓜不像瓜。”我于是进一步想:我对她的概念的分析是不完全的。原来在她的“瓜”概念里除了好吃不好吃，还有一个像不像的问题(苦瓜的表皮疙里疙瘩的，也确实不大像瓜)。我翻了翻《辞海》，看到苦瓜属葫芦科。那么，我的孙女认为苦瓜不是瓜，是有道理的。我又翻了翻《辞海》的“黄瓜”条:黄瓜也是属葫芦科。苦瓜、黄瓜习惯上都叫做瓜;而另一种很“像”瓜的东西，在北方却称之为:“西葫芦”。瓜乎?葫芦乎?苦瓜是不是瓜呢?我倒糊涂起来了。

前天有两个同乡因事到北京，来看我。吃饭的时候，有一盘炒苦瓜。同乡之一问："这是什么？"我告诉他是苦瓜。他说："我倒要尝尝。"夹了一小片入口："乖乖！真苦啊！——这个东西能吃？为什么要吃这种东西？"我说："酸甜苦辣咸，苦也是五味之一。"他说："不错！"我告诉他们这就是癞葡萄。另一同乡说："'癞葡萄'，那我知道的。癞葡萄能这个吃法？"

"苦瓜"之名，我最初是从石涛的画上知道的。我家里有不少有正书局珂罗版印的画集，其中石涛的画不少。我从小喜欢石涛的画。石涛的别号甚多，除石涛外有释济、清湘道人、大涤子、瞎尊者和苦瓜和尚。但我不知道苦瓜为何物。到了昆明，一看：哦，原来就是癞葡萄！我的大伯父每年都要在后园里种几棵癞葡萄，不是为了吃，是为了成熟之后摘下来装在盘子里看着玩的。有时也剖开一两个，挖出籽儿来尝尝。有一点甜味，并不好吃。而且颜色鲜红，如同一个一个血饼子，看起来很刺激，也使人不敢吃它。当作菜，我没有吃过。有一个西南联大的同学，是个诗人，他整了我一下子。我曾经吹牛，说没有我不吃的东西。他请我到一个小饭馆吃饭，要了三个菜：凉拌苦瓜、炒苦瓜、苦瓜汤！我咬咬牙，全吃了。从此，我就吃苦瓜了。

苦瓜原产于印度尼西亚，中国最初种植是广东、广西。现在云南、贵州都有。据我所知，最爱吃苦瓜的似是湖南人。有一盘炒苦瓜——加青辣椒、豆豉，少放点猪肉，湖南人可以吃三碗饭。石涛是广西全州人，他从小就是吃苦瓜的，而且一定很爱吃。“苦瓜和尚”这别号可能有一点禅机，有一点独往独来，不随流俗的傲气，正如他叫“瞎尊者”，其实并不瞎；但也可能是一句实在话。石涛中年流寓南京，晚年久住扬州。南京人、扬州人看见这个和尚拿癞葡萄来炒了吃，一定会觉得非常奇怪的。

北京人过去是不吃苦瓜的。菜市场偶尔有苦瓜卖，是从南方运来的，买的人也都是南方人。近二年北京人也有吃苦瓜的了，有人还很爱吃。农贸市场卖的苦瓜都是本地的菜农种的，所以格外鲜嫩。看来人的口味是可以改变的。

由苦瓜我想到几个有关文学创作的问题：

一、应该承认苦瓜也是一道菜。谁也不能把苦从五味里开除出去。我希望评论家、作家——特别是老作家，口味要杂一点，不要偏食，不要对自己没有看惯的作品轻易地否定、排斥。

不要像我的那位同乡一样，问道："这个东西能吃？为什么要吃这种东西？"提出"这样的作品能写？为什么要写这样的作品？"我希望他们能习惯类似苦瓜一样的作品，能吃出一点味道来，如现在的某些北京人。

二、《辞海》说苦瓜"未熟嫩果作蔬菜，成熟果瓤可生食"。对于苦瓜，可以各取所需，愿吃皮的吃皮，愿吃瓤的吃瓤。对于一个作品，也可以见仁见智。可以探索其哲学意蕴，也可以踪迹其美学追求。北京人吃凉拌芹菜，只取嫩茎，西餐馆做罗宋汤则专要芹菜叶。人弃人取，各随尊便。

三、一个作品算是现实主义的也可以，算是现代主义的也可以，只要它真是一个作品。作品就是作品。正如苦瓜，说它是瓜也行，说它是葫芦也行，只要它是可吃的。苦瓜就是苦瓜——如果不是苦瓜，而是狗尾巴草，那就另当别论。截至现在为止，还没有人认为狗尾巴草很好吃。

后记

汪朗

老头儿的这个集子二十多年前曾在台湾出版过，当时的名字叫《五味集》，这次鹭江出版社重印时改成了现在的名字。

严格说，这本书不能算汪曾祺自选散文集，因为编选者另有其人，是南京大学的教授丁帆先生。如果说这是老头儿的自订散文集，还有些靠谱，我们家原来一直保存着当年老头儿和台湾幼狮出版社签订的出书合同，上面有他的签名和图章，直到去年才送给了一个朋友。因此，书中的篇目他应该是看过的。另外，将游记和美食文章合编为一书，老头儿自己也干过。他编过一本《旅食集》，就是这个路子，广东旅游出版社出的。

一九九七年再版时，书名改成了《旅食与文化》。我查看了一下，这本书和《旅食集》收录的文章有几篇是一样的，看来作者和选家的标准差不多。喜欢《旅食集》或《旅食与文化》的读者，也可以再来看看这本书。这话是替出版社说的。

一晃儿，老头儿走了二十多年了，真快。他的作品却没有被忘记，喜欢的人似乎还越来越多，而且什么年龄段的都有，出版社也在不断推出他的作品集，有自编的，也有像这样重印的。这让我们这些汪家后人有些惶恐，因为老头儿的文章数量有限，编来编去大致就是那点东西，重复的内容比较多，就像有段双簧里唱的那样，前后左右都是“一碟子腌白菜”，如此出书实在有些对不起读者。但各家出版社都说还有市场，弄得我们也不好卡得太死。毕竟大家都要吃饭。

这本书的名字有点怪。生活家，算个什么家呢？肯定和作家、画家不是一回事，因为那些个家可以凭借一技之长混碗饭吃，可没听说什么地方给“生活家”发工资的。想来想去，生活家好像和野心家、阴谋家之类差不多，虽然不能靠此谋生，但是对于此道依旧十分热爱。因此，如果说生活家是生活的真切热爱者，老头儿大概还够格。他在《旅食与文化》的题记中写过这样一段话：

> 舍伍德·安德生的《小城畸人》记一老作家，“他的躯体是老了，不再有多大用处了，但他身体内有些东西却是全然年轻的”。我希望我能像这位老作家，童心常绿。我还写一点东西，还能缕缕续续地写更多的东西，这本《旅食与文化》会逐年加进一点东西。
>
> 活着多好呀。我写这些文章的目的也就是使人觉得：活着多好呀！

这段话是老头儿在一九九七年二月二十日写的，三个月后他就去世了。如今，老头儿的文章之所以还有人喜欢，我想一个原因就是读者接受了他在作品中体现的这个思想——活着多好啊！

图书在版编目（CIP）数据

生活家：汪曾祺自选散文集 / 汪曾祺著；丁帆编 .—厦门：鹭江出版社，2018.4

ISBN 978-7-5459-1452-8

Ⅰ. ①生… Ⅱ. ①汪… ②丁… Ⅲ. ①散文集—中国—当代 Ⅳ. ① I267

中国版本图书馆 CIP 数据核字（2018）第 018446 号

SHENGHUOJIA: WANG ZENGQI ZIXUAN SANWENJI

生活家：汪曾祺自选散文集

汪曾祺 著　丁帆 编

出版发行：海峡出版发行集团
鹭　江　出　版　社

地　　址：厦门市湖明路 22 号　　**邮政编码**：361004

印　　刷：北京市十月印刷有限公司

地　　址：北京市通州区马驹桥北门口
民族工业园 9 号　　**邮政编码**：101102

开　　本：880mm × 1230mm　1/32

插　　页：4

印　　张：9.25

字　　数：139 千字

版　　次：2018 年 4 月第 1 版　2018 年 4 月第 1 次印刷

书　　号：ISBN 978-7-5459-1452-8

定　　价：48.00 元

如发现印装质量问题，请寄承印厂调换。